GOBOOKS
& SITAK
GROUP©

GOBOOKS
& SITAK
GROUP©

三日月書版

三日月書版

輕世代
FW164
4
滅世審判
終審 傲慢
三日月書版
YY的劣跡 著
水々

滅世審判

4

目錄

Wang Chen

王晨

性　　別：男

年　　齡：22（?）

身　　份：大學畢業生

處　　境：待業

隱藏身分：魔王候補

真實處境：隨時面臨來自其他魔王候補的生命威脅，刻苦修煉中。

性　　格：只要不受到外力逼迫，就是得過且過的性子，而一旦發現被人逼到無路可走，就會狠狠反撲。意外地，非常堅持自己的原則，誰都無法動搖。

評　　價：外表看似無害，其實是一隻披著羊皮的獅子，建議不要輕易招惹他。

危險等級：★★★⯪☆

William

威廉

性　　別：男

年　　齡：未知

身　　份：王晨的魔物管家

處　　境：一心輔導殿下成為下一任魔王

隱藏身分：不明

真實處境：不明

性　　格：理智而冷漠，十分擅長玩弄手段，
為實現目的，甚至不惜與敵人合作。
情感淡漠，本不該有在意的事物。
意外地，十分堅持讓王晨繼任魔王，信念堅定。

評　　價：外表孤傲，拒人千里之外，
但其實是個內心比表徵更恐怖的傢伙，
強烈建議絕不能招惹他。

危險等級：★★★★★

Chapter 1

傲慢（一）

尚且年幼時，他就懵懵懂懂地知道，自己與其他人是不一樣的。

他沒有兄弟手足，沒有父母家人，身邊陪伴的除了自己的影子，就只有穿著白大衣來來往往的大人們。

「為什麼我不能出去呢？」

白衣人會抓著他的手說：「因為出去很危險。」

他說話時的語氣那麼認真嚴肅，以至於男孩一時分不清，危險究竟是指哪種？

是外面的世界太過危險，還是男孩的存在對外界來說，是一種威脅？

直到十幾年後，他才明白。

其實這兩種，沒有什麼區別。

這個世界在他出生時，並未表示過歡迎。

王晨睜開眼，拼色的天花板率先躍入眼簾，黑色與紅色的裝飾物，好像血一般凝稠，讓人看得更暈眩了。

他揉了揉痠脹的眼睛，從沙發上起身，依稀記得剛才好像做了一個噩夢？大腦還帶著久睡以後的沉重感，讓人分不清現實與困境。

王晨清了清嗓子，喊：「威廉，給我一杯水……威廉？」

沒有回應。

他這才記起，魔物管家此時並不在家。

威廉變得經常外出，大概是從賭約結束以後開始吧。

自從上次賭約事件後，又接連發生了很多事，先是李明儀的靈魂蹤跡不明，隨即又發現張素芬的靈魂也不見了。

這兩個好不容易從姬玄他們手中搶過來的靈魂，就這樣半途失去蹤影，王晨剛剛因為獲勝而好轉的心情，又抑鬱了一把。

說實話，李明儀和張素芬的靈魂同時發生意外，絕對不是巧合，他只能猜測，還有別的勢力在暗中操縱。在他和姬玄與貝希摩斯的賭約之外，還有另一雙眼睛在窺視著一切。

也就是說，他們都被某個隱藏在黑暗中的傢伙耍了。

只要一想到這些，王晨就覺得莫名地惱火。

不過，想到那個傲慢的姬玄也被耍了，他鬱悶的心情多少好受了一些，至少不是只有他一個吃虧。然而這個意外的出現，讓威廉下了一條禁令。

「既然有不明人物出現，這段時間，還請您安分地待在住處。」魔物管家下達禁足令，「如果您不想在最後時刻功虧一簣的話，殿下。」

王晨無話可說，敵在暗我在明，他只能學習劉濤做個宅男——在情況明朗之前。

外面很危險，不能出去。

這句話在他耳中，似乎與過去的某段記憶重合了。

就在王晨閒得快長出蘑菇時，外出搜集情報的魔物管家，回來了。

「殿下。」威廉張口道，「也許您需要外出一趟。」

「哦。」王晨漫不經心地應著，「什麼?外出!」

回過神來後，他差點跳起來，瞪著威廉，「你不是說最近外面危險，不准我出去嗎？」

「此一時彼一時。」威廉說：「剛剛得到最新消息，姬玄與貝希摩斯已經離開N市，趕往帝都，其他候選人也是。帝都不久後恐要發生大事，您若是落後於他們，對競選王位不利。至於安全方面，我會負責保護您。」

「姬玄他們也去了帝都？」王晨問：「你從哪裡聽來的消息?還有，究竟是要發生什麼大事，消息來源可靠嗎？」

「消息的來源，是您認識的魔物。」威廉回答。

「不要告訴我是……」

一陣輕笑從門外傳來，伴著笑聲，一個熟悉的魔物走了進來。

「沒錯，消息正是我透露給威廉的。」

說話的是 Jean。

一段時間不見，Jean 上下打量了王晨一番，感嘆道：「您真是變了許多，小殿下。更讓我意外的是，您竟然真的只憑一己之力，贏了姬玄與貝希摩斯。」

王晨瞧了瞧他，回敬道：「你倒是一點都沒變，牆頭草兩邊倒，這次看我贏了就過來抱大腿了？」

被嘲諷了，Jean 看上去倒是不慍不火，「人類常說，唯有欲望永恆不變。作為欲望的集合，我們魔物的確少有變化，倒是殿下您還處於成長期，從幼兒成長為合格的魔物，需要經歷變化是很正常的事。」

他這句話本來是暗諷王晨年幼，沒想到當事者卻很贊同地點了點頭，且十分厚臉皮地道：「比起青春正好活力無限的我，Jean 你的確是上了年紀。怎樣，要不要考慮退休回去好好休養？」

一時之間，Jean 的笑臉差點掛不住。他看了眼在旁邊不動聲色的威廉，心想在這位的悉心教導下，王晨的嘴也越來越毒了。

「年幼年老的話題先放一邊。」最終還是 Jean 先認輸，「我這次來找小殿下，是為正事而來。剛才威廉也向您說了，最近帝都雲集了很多魔物。」

「是嗎？我還以為你們一直都縮在N市呢。」王晨嘲諷道：「一會是利維坦，一會是姬玄與貝希摩斯，全都一古腦兒地往這裡跑。怎麼，現在又換地方了？」

「世事變化。」Jean 道：「我們喜歡駐紮的地方，也不會一成不變。不過我最近聽到一個奇怪的消息，有消息流傳您與除魔組聯盟，不知這是真是假？」

他收起嘴角笑意，盯著王晨，眼中有幾分凝重的打量。

「當然是假的。」王晨一臉正經道：「我怎麼會和除魔組聯盟？我可是魔物。」

「是嗎？」Jean 臉上卻露出懷疑。

「不過利用倒是真的。」王晨又加了一句，「為了對付姬玄，我與除魔組各取所需。魔物沒有哪條準則規定不准與人類聯手吧？」

他又道：「你們不是一向奉行利益至上嗎？為了利益，連血親都可以出賣，利用一下人類又算什麼？」

聽到他並沒有全盤否定，Jean 心裡才有些相信，臉上又露出笑容。

「當然不會有人責怪您。不如說，大家都佩服竟然連除魔組都能為您所用，實在令人驚訝。這麼說，您與除魔組聯盟是真。」Jean 瞇起眼看著王晨，「既然現在已經贏了姬玄，您是想繼續借用除魔組的勢，還是……考慮一下與其他候選人結盟？」

「與其他魔物結盟？」

威廉在一旁解釋道：「殿下，實力不足的候選人，在明知自己奪位無望後，會去依附另一位實力強大的候選人。這樣一來，對方繼位後，既可以保住自己的性命，也能分享戰果。還有一些普通魔物也會趁機表態，效忠自己看中的候選人，以期獲利。」

王晨長長地哦了一聲，看向威廉。

「那你當年也是依附了別人嗎，威廉？」

威廉沒有迴避王晨的視線，「我並沒有依附任何人，除了您。」

Jean 看了威廉一眼，笑道：「是啊，小殿下。不瞞您說，最近風雲變幻，就連我也在考慮，是不是要去尋找一位依仗呢。」

「那就投靠我吧。」

Jean 愣了一下，「您說什麼……」

「我說，依附我如何？」這一次，王晨看向他。「就像威廉所說，王位我志在必得，然而要和其他候選人爭奪，就需要更多手下。雖然我不算是多好的雇主，但絕對可以保證，對於幫助過我的魔物，我一定會給予最大的回報。」

他目光灼灼地望著 Jean，認真道：「你要不要考慮一下？」

「考慮成為您的附屬？」Jean 像是聽到什麼不可思議的事情。「我……」

他指了指自己，又指了指王晨。「依附於您？沒有開玩笑？」

事實上，即便再看好王晨，Jean 從來沒將這位過於年幼的魔物當作王位的有力競選人，更別說是考慮投靠了。

王晨神情嚴肅，「你可是我第一個開口邀請的魔物。其實，我還打算去問其他魔物，最好是像姬玄這樣有實力又有地位的，如果願意與我合作，那就再好不過了。」

Jean 呆滯的目光轉向威廉，好似是在詢問魔物管家，這位小殿下的腦袋沒有出問題吧？

雖然王晨這次贏了姬玄，但以他現在的實力，Jean 並不認為足以勝過其他候選人，更不用說是籠絡姬玄，將對方收之麾下了。

哪知威廉卻十分贊同，根本不理會 Jean 詢問的視線，而是在一旁替王晨出謀劃策。

「對於姬玄，我認為殿下您若想籠絡他，不該使用懷柔手段。只有讓他明白絕對無法贏過您，他才會選擇合作。」

「好，我會參考你的意見。」

看著這一主一僕誇誇其談，在旁聽的 Jean 覺得實在是太不真實了。

「你們真的認為小殿下有奪得王位的希望嗎？」他忍不住出聲詢問。

「不是希望。」威廉搖了搖頭，「是必須奪得王位不可。」

他這麼一說，連王晨都側目看他。

只聽威廉繼續道：「只有奪取王位，殿下才能活下來；只有殿下登上王座，我才不用背叛殿下。」

王晨笑了，「威廉，你以為我會給你背叛的機會？」

對於這位一直站在自己身邊的魔物管家，雖然他至今還不知道威廉的真正目的是什麼，不過，這並不妨礙他決定留下對方。這麼優秀又聽話的管家，怎麼能讓給別的魔物呢？當然得一直牢牢握在手心才是。

同時，王晨對自己也充滿信心。

「奪得王位並不只看實力，也不僅僅是看表面的強大。」他說：「至少在取得王位的決心上，我不輸其他魔物。」

威廉深深看了他一眼。

「是的，殿下。」

近半個小時後，Jean渾渾噩噩地離開了王晨的住處。他拒絕了王晨的再三邀請，表示自己回去後會認真考慮一下。

出門後，他忍不住感慨。

「沒想到幾個月不見，這小子竟然變得這麼有自信了。」

Jean至今還記得，最初見到王晨時，對方就像是一隻不曉世事的幼獸，懵懵懂懂地闖進了危險密布的黑暗森林。而現在，這隻小獸竟然可以如此自信地說出「我會奪得王位」這種話。

聽起來傲慢，卻並非無的放矢。

就如王晨所說，在取得王位的決心上，他不輸任何魔物。

Chapter 2

傲慢（二）

送走Jean後，王晨開始認真考慮前往帝都的事，然而在做出結論前，他還有另一個煩惱需要解決。

他新收編的屬下，似乎還不太聽他使喚。

就好比現在，明明他命令對方去調查帝都的情況，對方卻陽奉陰違，在後花園忙忙碌碌，不知道在做什麼。

「劉濤的手臂掉了。」新下屬走進屋，向王晨彙報道。他用再平凡不過的語氣，說著讓人毛骨悚然的話，「我簡單地幫他釘了一下，不太管用。」

進來的人正是周子慕，或者說是魔化後的半魔人周子慕。

周子慕不僅清晰地記得夢境中發生的事，並且有一顆聰明的大腦，因此，他很快就發現了一連串事件的可疑之處，甚至再次找上除魔組，要求探清有關的真相。

最後可悲而可憐地發現，發生在自己身上的一切，不過是魔物用來打發時間的賭局。

換做一般人，面對超出理解的事物和對手，不是放棄抗爭，就是自暴自棄。而以他的個性，哪怕明白對手是魔物，是絕不可能抗衡的存在，他也沒有放棄。

理清思路後，他主動找上王晨。

來的那一天，周子慕是這麼說的。

「既然我被魔物戲弄，那麼我只有投靠同樣是魔物的你。事先聲明，我來這裡，就是為了利用你，當然，你也可以不客氣地使喚我。」

王晨問：「你想怎麼樣，殺死那些魔物嗎？如果真是這樣，我可不會幫你。而且你要明白一點，在這件事上我也有分，你不恨我？」

周子慕問：「這就是魔物的傲慢？不將人類的事情放在眼中。」

王晨道：「或許吧，其實我覺得哪怕你去報復，他們也不會有什麼改變，畢竟對於大多數魔物來說，玩弄人類只是日常的遊戲而已。就算被你報復，不會有魔物認為是他們做錯了，也不會悔恨。他們壓根沒有那種感情。」

「沒有感情？」周子慕想了想，道，「既然這樣，我的目的只有一個——

跟在你身邊，見證這些魔物最後的下場。」

「為什麼是我？」

「因為你和那些怪物，是不一樣的。」

對於他的坦率，王晨哈哈大笑：「你說魔物是怪物？好，那你認為自己是什麼？難道你沒發現，自己也已經成為怪物的一分子了嗎？」

被王晨從入魔邊緣拉回來的周子慕，已經不能算是完全的人類。魔障侵襲了他半個身體，帶來最明顯的改變，就是——他可以憑藉雙腳行走了。

明明是要奪人性命的噩運，卻陰錯陽差治好了他的腿，多麼諷刺。

「不，我是人。」周子慕淡淡道：「因為我還有欲望，有感情，所以是人類。」

聽見他這麼回答，王晨停頓了許久，才笑道：「我也這麼認為。」

於是小殿下再次收下一名半魔人，成功擁有兩名屬下。

至於劉濤，由於肉身再次被毀滅，又處於新一輪的恢復階段。

新的身體用起來不太順手，老是掉隻手臂少條腿，因此，他不能出門替王晨跑腿了，這個任務現在由周子慕負責。同時，周子慕偶爾兼職劉濤的修理師，專門幫他修補斷肢。

「老大！」這時，劉濤可憐兮兮地從後院跑了回來，「讓威廉管家再幫我重做一具身體吧！現在這個根本不好用，我剛才在院子裡走了兩步，手臂就掉了。」

「你沒事到處亂晃做什麼？」王晨根本不同情他。

「我這不是帶著周子慕熟悉環境嗎。」劉濤道：「順便給他看看上回那暴力蘿莉把我打成肉餅的地方，說不定還能找到什麼線索。」

提起貝希摩斯，王晨就想起了那兩個不見蹤影的魔物。後來聽韓瑟轉述，貝希摩斯當時是被姬玄強制帶走，似乎他們那裡也發生了什麼事。

不知道這件事，和魔物們聚集在帝都的理由有沒有關係？

嗯，帝都？

王晨突然想起來，好久沒聯繫的韓瑟上次發訊息給自己，好像就是與他辭別，跟著除魔組回帝都述職了。

不知道他現在過得怎麼樣？

帝都。時間進入深秋，萬物陷入睡眠，大地開始褪去它翠綠的衣衫，為凛冬做準備。與此同時，人類也迎來了入秋之後的第一次降溫。

然而和冷空氣一起襲來的，並不是綿綿秋雨，而是數不清的魔物。

從南方海風拂岸之地，到北方落霜成冰的高原，無數魔物一齊湧入帝都。雖然不知內情的普通民眾們，依舊過著日常生活，但是魔物的異常增多，卻暗中引起了某些人的高度關注。

這群人就是除魔組。他們與魔物相鬥多年，對於魔物的性格與手段十分瞭解，因此在注意到這次的大規模「魔潮」後，整個除魔組都提高了戒備。

半個月前，韓瑟小隊和嚴懷齊齊從N市返回帝都，就是為了預防這一次的

「魔潮」。

此時，地下百米深處的帝都實驗室內，一個白袍年輕男子正襟危坐，在他對面，穿著黑色風衣的男人吊兒郎當地站著。

「走吧，組長大人。」韓瑟對他擠了擠眼，「時間到了。」

嚴懷起身，推開門，和韓瑟一起向外走去。

路上，韓瑟時不時轉弄著手中的一把小型手槍。「這個小東西，就是我們的祕密武器？」

見他一副不以為意的模樣，嚴懷淡淡出聲道：「是祕密武器之一。韓隊長，請你小心一點，這把槍要是走火了，整個地下實驗室都會被轟塌。」

韓瑟手僵了一下。「開玩笑？」

「你說呢？」嚴懷瞥了他一眼。

韓瑟咳嗽一聲，把手裡的槍仔細收好，他可不想拿性命開玩笑。

兩人走了一段距離，來到一間地下靶場，今天的目的就是實驗新型武器的效力。這把前幾個月剛剛由科技組開發出來的最終對魔武器，經過數個月的調整，終於可以正式試用了。

試槍的名額，還是韓瑟千辛萬苦從紅組那裡搶過來的。

「用法和普通手槍一樣。」嚴懷向站在靶位前的韓瑟道：「不過這把槍，一次只能射出兩發子彈。」

韓瑟皺眉，「這麼少？」

「因為子彈的造價太高，開一槍就等於花了一座城市一整年的發展預算，你要是不介意，就儘管開好了。當然，浪費的費用從你的薪資裡扣。」嚴懷道。

「咳嗯。」韓瑟正了正臉色，「既然是這樣寶貴的彈藥，放心，我一定會謹慎試槍。」

嚴懷不和他多說廢話，「開始吧。」

韓瑟點了點頭，端起槍，瞄準百米外的槍靶。那是一個人形的上半身靶子，沒有劃分環數，只有兩個致命點，眉心和心臟。

右手平直舉在胸前，韓瑟微微瞇起眼，嘴角抿成一條線。

扣動，扳機。

啪——

隨著一聲輕微到幾不可聞的槍響，子彈打了出去。

韓瑟輕吁了口氣，放下槍。電子螢幕上顯示擊中了眉心位置，最起碼這次試槍他沒有脫靶。然而，當螢幕將槍靶的近距離圖像顯示出來時，他立刻瞪大了雙眸。

人形槍靶的眉心部位，只有淡淡的凹痕，甚至連槍靶都沒有穿透。

韓瑟皺眉，回身望向嚴懷。「一不小心走火會毀掉實驗基地的最終武器，就是這種效力？」他嚴重懷疑自己被耍了。

嚴懷推了推眼鏡。「只是開玩笑，那種等級的武器，你以為我會隨便讓你拿在手裡？」

「……」

就你那張嚴肅的臉，誰會以為是在說玩笑話啊！韓瑟心裡腹誹。

還沒等他表達不滿，只聽嚴懷又道：「試一試下一發。」

還試？這見鬼的最終武器，其實是糊弄人的吧。

韓瑟回頭望去，只見對面換了一個新的槍靶，但又和剛才有些不同。黑色的人形靶上，有股他十分熟悉的味道——屬於魔物的氣息。

「試吧。」嚴懷催促。

韓瑟眸中閃過一絲興味。換了一個靶子，好戲這才上場？

他幾乎不假思索地舉起槍，對著遠處模擬魔物的槍靶開出了第二槍。

這個動作，多年來的獵魔行動中他不知做了多少遍，往往，這種規模的子彈並不會對魔物造成多大傷害。

這次卻不一樣——

子彈悄無聲息地鑽入人型槍靶眉心。槍靶從內而外龜裂，漸漸地，裂紋擴大到全身，韓瑟眼睜睜地看著它碎裂成無數塊碎片，在空中自燃，最終化為灰燼。

「這……這是同一把槍？」韓瑟震驚了，「同一種子彈？」

看著遠處的成果，嚴懷滿意地點了點頭。

「效果尚可。」

「嚴懷，這種規模的傷害前所未有。」震驚過後，韓瑟嚴肅道：「即便是魔將，也抵擋不了這一發子彈。」

「不僅是魔將。魔物其實很脆弱，它們的身體，無法接受不能受自己掌控的東西——好比情感。這是專門針對魔物弱點設計的子彈，它能放大魔物體內的殘留感情，讓它們失控並且從內部崩裂。即使是七君王，落到我們手裡也得掉一層皮。」嚴懷推了推眼鏡，看著地下實驗室的屋頂，不，他是在看更遠處，百米之上車水馬龍的帝都。

「我會讓那些魔物知道，人類不會任它們屠戮而毫不反擊。」他腦海中又閃過某個小女孩的身影。

「能傷害到君王級別的武器……」韓瑟躍躍欲試，眼中閃爍著明亮的神采。

「我現在已經迫不及待想要試一試實戰效果了。」

「你會有機會的。」

在魔物們蠢蠢欲動、尚不知情時，人類已經做好了反擊的準備。而這一次的反擊，也許會狠狠地震懾到，那些從不把人類放在眼底的魔物們。

他們將知道，他們所豢養的獵物，從來不是待宰的羔羊。

Chapter 3

傲慢（三）

在第二個週末來臨之前，王晨終於做出了前往帝都的決定，與他一同外出的，除了威廉，還有劉濤與周子慕。

對於這個決定，周子慕不置可否，劉濤卻相當興奮。

「帝都，帝都啊！老大，你真的要帶我們一起去？」他在屋裡來回轉圈，「我長這麼大，除了上大學的時候，還沒去過別的大城市！帝都，這可是首都啊！」

王晨白了他一眼，「不是白帶你去的。如果需要，你可能要再次獻出肉身。」

「不就是一副軀殼嘛，怕什麼！」用還沒修好的手臂啪啪拍著自己胸膛，劉濤擔保道，「只要您需要，儘管拿去用。當然，最好讓管家大人別忘記幫我做個新的，那我就感激不盡啦。」

對於這種容易滿足的笨蛋，王晨真不知該說他是知足常樂，還是腦容量太少。這樣的智商，以後被人賣了還幫對方數錢。他嘆了口氣。

周子慕開口問：「威廉管家同意我們一起去嗎？」

「當然。」王晨不明白他為什麼這麼問。

「是嗎？」周子慕淡淡道：「我還以為他不喜歡我們。畢竟我們還算是人類，與魔物不同。」

「威廉很贊成我將你們收入麾下。」王晨替管家解釋。

然而，周子慕表情並未改變，只是不再開口。

看來這位新屬下似乎對威廉有些偏見？王晨正這麼想時，被議論的魔物管家出現在他們面前。

「我已經買好了機票，並打點了那邊的住所，明天我們就可以出發。」在安排行程這方面，威廉向來是鉅細靡遺，「不過在此之前，您需要做些準備。」

「準備什麼？」

「到達帝都後，我會帶您去會見幾位聚集於帝都的高階魔物。」威廉說，「您需要準備的，就是在面見他們時，不至於說出不得體的話。」

「哦，去拜碼頭。」王晨興致勃勃道：「我要怎麼準備，要把所有小弟都帶去嗎？要不要裝狠一點才不會被他們看輕？進門時是不是對不上暗號，就會大打出手？」

「殿下。」看著被港片洗腦太多的王晨，威廉無奈道：「魔物不是黑社會。」說著他上前一步，彎下腰，替王晨整理衣領。

「您只要按照我說的做，就不會有問題。」

「管家大人對老大還真是體貼。」一邊，劉濤悄聲議論。

「體貼嗎？」周子慕低喃。

在劉濤眼中，威廉忠心耿耿的行為，在他看來，卻充滿著控制欲。他所投靠的這位新主人，似乎有一位不得了的管家。

威廉若有所感，抬頭向他們看來。周子慕低下頭，凝視著地板。

不過，這又與他有什麼關係呢？不過是相互利用罷了。

第二天，王晨一行人坐上了前往帝都的飛機。臨出發前，不知是一時興起還是惡趣味，他發了封訊息給韓瑟。

「一大堆魔物正前往帝都拜訪你們，請注意查收。」

收到這條消息的韓瑟，整個人都愣住了。

「喂，隊長，你怎麼了？」路過的元亮用手肘頂了頂他，「不是說好大家一起去歡迎李晟歸隊嗎？」

那位被王晨救回來的除魔組隊員李晟，已經康復出院了，今天他們準備要慶祝他重新歸隊，然而此時，韓瑟卻開心不起來。

帝都渾水一片，魔潮暗湧，李晟在這個時候回到除魔組，不知是幸還是不幸。他嘆了口氣，將王晨發來的訊息刪除。

就在除魔組的慶祝會告一段落之時，給韓瑟帶來壞消息的王晨，已經帶著一家老小抵達帝都了。

飛機在帝都的國際機場緩緩降落，滑行於長長的跑道上，停穩，下機。

一行魔和人從機場出來，劉濤迫不及待地摸著自己的肚子。

「餓死了，老大，先找個地方吃一頓吧。」

王晨看了他一眼。他們幾個本來就比較顯眼，現在劉濤又大呼小叫，一時機場的路人們十個有九個都看了過來。

「很餓？」

劉濤連連點頭。

王晨想了下，的確，從上機前就一直沒有吃東西了。

雖然他現在已經不怎麼依賴人類的食物，但是寵物提出的合理要求，有時候還是需要考慮一下的，他可不是一個苛刻的主人。

最後，一行人決定先抵達帝都的居住地後，再出去找吃的。

無論什麼時候，民以食為天嘛。

四十分鐘後，在帝都擁擠的交通狀況下，他們終於抵達了預訂的居住點——威廉提前安排好的一處公寓。

魔物管家的資產遍布各地，不愁虧待了他家殿下。然而王晨念念不忘的，是搜集同在帝都的姬玄的消息。

「殿下，雖然知道姬玄目前在帝都，但是暫時無法調查出他的具體位置。」收拾行李的空檔，威廉對王晨道：「即使是我也無法感應到他的氣息。姬玄應該是用了某種方法，隱藏了自己的行跡。」

「這要怎麼找？」王晨皺了皺眉。

威廉道：「尋找姬玄需要一步步來。比起這件事，我認為在這段時間內穩定增長您自身的實力，才是最重要的事。」

王晨知道魔物管家對自己的實力一直很有怨念，只能妥協道：「你有什麼建議？」

「我建議您至人類情感錯雜之處鍛鍊自己的實力，視情況也可在不引起大規模騷動的狀況下，適當進食。」

「很好的建議。劉濤，等會和我出門。」

「去做什麼，老大？」

王晨咧嘴一笑，「壓馬路。」

說是壓馬路，其實，嗯，其實真的是壓馬路。

他們出門時，天色已接近黃昏，西方的天空呈現出絢爛的色彩，太陽懸掛於雲層中沉沉下落。一抹暈紅，一抹暈黃，最外層的是逐漸加深的藍，夕陽下的天空就像是一幅曠世名畫。

然而王晨一直盯著天空，並非被夕陽的美景吸引住，他望著帝都正上方的蒼穹，眼神中難得出現了一絲緊張與驚疑。

「怎麼了，老大？」劉濤不明所以，「上面有什麼嗎？」

「你看不見？」王晨轉過來看他，眸光深沉。

自從成為魔物後，他就有了與正常人類不一樣的地方，能看得到某些特別的東西。比如，頭頂這團不斷旋轉變化，猶如深淵的黑影。

暗影遍布整個帝都上空，像巨獸一樣蟄伏著，虎視眈眈地盯著下面的人群，不知何時會一口將他們吞沒。走在街上的人們卻絲毫沒有注意到它，自顧自地過著日常的生活。

不，或者說，人們自己就在不斷地擴大這團黑影。每一分、每一秒，都有許多黑色混沌的物質，從城市的各個地方升起，融入上空那團恐怖的暗影中。

這究竟是什麼東西？

王晨能夠感覺到它裡面傳來的感情，正是龐大的負面情緒，最多的是各式各樣貪婪的欲望。

黑影就像是一隻貪食的巨獸，不斷蠶食著人類的各種情緒，進一步壯大自己。

「好看嗎？」

一道聲音從背後傳來，王晨吃了一驚，卻沒有立即回頭。他先是去看地上的影子。

「沒想到，是你先找到了我。」

來者走出黑影，一步步來到他面前。

姬玄那張英俊的臉孔一如往常般冷漠。

「你們動作這麼高調，想不注意到也難。」姬玄道，「聽說你一直在找我。」

對視著對方漆黑的眼眸，王晨毫不退縮，「我確實在找你，為了兩件事。李明儀和張素芬的靈魂，是不是在你那裡？」

「不在。」姬玄淡淡道。

「好吧，那麼第二件事……你要不要與我合作？」

姬玄露出了和那天的 **Jean** 一模一樣的驚疑表情，一副「你在和我開玩笑嗎」的模樣。

「我是認真的。威廉說過，競爭王位失敗的候選人都沒有好下場，雖然我沒興趣屠殺其他人，但也不想將王位交給其他魔物。在這個情況下，我需要盟友。」王晨嚴肅道：「至少我可以保證，即使我登上了王座，也不會對你出手。」

姬玄冷笑，「你認為我需要與你結盟？」

王晨不理會他的嘲諷，「你的確很強大，但是需不需要結盟，也許你可以再想一想。」

姬玄沒有說話，晚風吹拂過他的頭髮，就像吹起一片落葉，而落葉下是深邃莫測的湖泊。

他轉身離開。

「等等。」王晨喊住他，「你能不能告訴我，那是什麼？」

他指著天上越變越大的黑色漩渦，那東西好像把天空撕開一個黑洞。明明就在頭頂，可是漩渦下的人們卻好像絲毫沒有感覺到，依舊我行我素地生活。

王晨直覺地認為，這個黑色裂口，與魔物們聚集在帝都的原因有關。

姬玄看著他，許久，輕輕啟唇。

「饕餮。」

「他是這麼說的。」

晚上，回到公寓，王晨將白天的遭遇講給魔物管家聽。

「不過這個饕餮指的又是什麼？」

「傳說中龍生九子，饕餮是第五子，一種暴食的怪獸，它吞噬一切所能吞噬的，化一切為虛無。」威廉回答道：「而現在帝都空中的黑色漩渦，正在不斷吞噬這座城市裡的各種欲望與情感，姬玄稱它為饕餮，也算是切合。」

「這和姬玄來帝都的原因有關？」

魔物管家搖了搖頭，答：「這和您有關。」

王晨一愣，威廉繼續道：「這裡是審判最終之地，所有候選人都會聚集到此。而饕餮的存在，也是審判存在的意義。」

王晨不明白威廉這句話是什麼意思，為什麼由貪婪聚集而成的黑影會和審判有關，而審判最後又會以何種方式定案？

不過，他明白了一點。

所有魔物候選人都將來到帝都，這裡就是最終決一勝負的地方。

「威廉，快要到終點了嗎？」王晨突然出聲問。

魔物管家俯首，深黑的眸幽幽地看向他。「還有一段時間，殿下。」

兩個魔物不再說話，他們都明白，「終點」不僅僅是指王位爭奪的結束，更是審判的結束，亦即意味著——人類是否會結束。

帝都上空的深淵依舊貪得無厭地吞噬著。在這個聚集最多人心、最多黑暗的城市，一步步壯大自己。

黑幕下的都市，有人嗚嗚哭泣，有人快意長笑；有人志得意滿，有人蕭條落魄。

有魔，暗暗窺視一切，旁觀眾生悲喜。

Chapter 4

傲慢（四）

自從偶遇過姬玄一次後，王晨再次被禁足。魔物管家這次沒有解釋原因，反而自己成天神龍見首不見尾，常常見不到面。

被悶壞的王晨除了找兩個屬下打發時間，就是偶爾去騷擾騷擾除魔組。他到現在還一直保持和韓瑟的聯繫，威廉勸誡過幾次，見王晨不當一回事，也沒有辦法。

「真不公平，不准我外出，卻自己跑得沒影，你們見過這樣不負責任的管家嗎？」這天，他又照常在屋子裡抱怨威廉。

周子慕聽著，忍不住開口：「在我看來，奇怪的是你。」

「什麼？」王晨抬頭看他。

「你既然知道這點，為何不擺脫他的控制，建立自己的勢力？」周子慕道，「恕我直言，就這段日子以來我看到的表現，與其說是你是威廉的主人，不如說他將你圈在籠子內，一步步將你指引到他希望的方向。」

他深深凝視著王晨，「你真的希望一直被他牽著走嗎？」

房內一片沉默。

「我不知道你們所謂王位候選人的爭奪是怎麼一回事，但是這樣下去，即使你奪得了王位，在我看來，也不過是威廉的傀儡。」

「周子慕！」劉濤拉了他一把，「你少說一點，威廉管家也是關心老大。」

周子慕冷笑不語。

「是威廉找到了我。」王晨終於開口，「是他找到了我，所以只能由他，不能由我選擇下一步該怎麼走。」

周子慕皺眉，「什麼意思？」

王晨笑了笑，那是周子慕從未在他臉上見過的笑容。既不屬於少年得志的魔物候選人，也不屬於人類青年的一部分，倒像是一個背負了太多負擔的笑容。

然而，那個表情只是一瞬間，王晨的臉上很快又恢復了一貫無所謂的表情。

「你就當我是個離不開威廉的小鬼吧。」他道：「而在最後一刻來臨之前，我也只能繼續依賴他。」

最後一刻來臨？

那還需要多久？

「不用等太長時間了。」

貝希摩斯坐在窗臺上，翹著雙腿，望著不遠處的黑色漩渦，眼睛裡溢滿愉快的情緒。

「饕餮越變越大，這裡的人們遲早都會被吸入漩渦。我很快就能回去見你了，利維坦。」

在她的對面，一顆泛著幽光的水晶球上，嫉妒之君王利維坦的面容清晰可見。

「我隨時等待妳的歸來，親愛的貝希。不過在那之前，妳要照看好我們的合作人。姬玄目前怎麼樣？」

「還是老樣子，不聽從莫爾西斯的命令，也不願意見我。」貝希摩斯抱怨道：「我真不明白他在想什麼。不過，我也很討厭那個莫爾西斯就是了。為什麼他也要來人間？要不是他，我早就可以把那個人類幹掉了。」

暴怒之君王莫爾西斯，是繼利維坦之後第二個降臨人間的君王。

除魔組那邊現在隱約得到些消息，一直高度戒備著，然而他們沒有想到，引起這次魔潮的源頭，竟然是另一位君王。

莫爾西斯降臨人間，緊急召喚姬玄與貝希摩斯。魔界等級森嚴，實力為尊，因為莫爾西斯的命令，兩魔現在不得不跟在他身邊。

「按照他的命令行事，貝希。」

利維坦的聲音漸漸變得悠遠。

「然後在最後一刻，做出選擇……」

「做出什麼選擇嘛。」看著暗淡下去的水晶球，貝希摩斯百無賴聊地打發著時間。「好想回去，在這裡什麼都不能做。」

須臾，她向下一看，不經意掃到一個人影，「哎呀，總算回來了。」

貝希摩斯立刻跳下窗臺，向樓下跑去。

姬玄剛從外面回來，就聽到下屬傳來的消息。

「莫爾西斯大人要見您。」

他還沒來得及做出回應，一個高高在上的聲音就從樓上傳來。

「莫爾西斯大人要見你，你不開心嗎，姬玄？」

抬頭望去，貝希摩斯帶著一臉不懷好意的笑容，站在二樓望著他。有著少女外表的魔物，笑起來時臉頰上會露出兩個可愛的酒窩，很容易讓人被她的外表迷惑。然而姬玄卻知道，這可不是個像表面上看起來那麼甜美的傢伙。

他不理會貝希摩斯，直接對屬下道：「帶我去見莫爾西斯大人。」

「是。」

「等等，姬玄！」貝希摩斯在他身後不甘心地喊道：「我們的賭局輸給那個王晨就算了，現在還被莫爾西斯指使，你真的甘心嗎？」

「貝希摩斯。」姬玄終於回過身來，看向她，「我不知道妳在說什麼。我會遵照莫爾西斯大人的吩咐行事。」

「哦？哪怕他讓你這個候選人把王位讓出來？」貝希摩斯譏諷道。

背著光線，沒有人看清姬玄此時的表情，只有那雙眼眸好像在黑暗中隱隱發光。

許久，姬玄道：「只要是莫爾西斯大人的吩咐。」

言罷轉身離開。

貝希摩斯站在原地，玩弄著自己的裙角，嘲笑道：「哼，只會說謊的傢伙。」

這是姬玄第二次見到莫爾西斯。除了他的長姐，以及利維坦，莫爾西斯是他見到的第三位君王，也是最讓他摸不透的一位。

這次的王位候選人，由三位君王、兩位公爵、一位侯爵，還有名不經傳的一個年輕魔物組成。

候選人最初公布時，除了王晨的身分引人熱議外，三位君王的參加，也頗為奪人耳目。

要知道，做到君王這個位置上的魔物，很少參與王位爭奪，因為一旦失敗，他們就將一無所有，那還不如保留現有的權力，一人之下萬人之上足矣。

但，利維坦和莫爾西斯卻是例外。

當然，還有另一名成為候選人的君王，只是至今為止，沒有人知道他究竟是誰，也是最神祕的一位候選人。

姬玄明白，只要有這些君王在，其他魔物想要奪得王位，根本就是不可能的事情，然而……

他心裡正想著這些事，就聽到壁爐燃燒的柴薪發出劈啪聲。

「你來了。」

除了姬玄別無他魔的房間，突然傳來一道低沉的聲音。

被火光投映在牆壁上的書桌影子開始變幻模樣，逐漸凝聚成一個極似人形的黑影。

黑影從牆壁上一點點地剝落下來，先是頭部，再是四肢，直到一個完整的人形出現，黑影才邁動步伐，走到姬玄面前。

而在這過程中，整個房間彷彿被無形的氣壓籠罩，姬玄低著頭，不敢妄動。

人影走到他面前，停下。

「你見過他了？」

「……不知您指的是誰？」

那個聲音笑了笑。

「王晨，那個戲弄了你與貝希摩斯的候選人。」

莫爾西斯的聲音從空氣中傳來，聽起來有些不真實。

「你覺得他怎麼樣，姬玄？你會認為這個打敗你的傢伙，有能力成為下一任魔王嗎？」

「有您在，誰敢做這樣的妄想。」姬玄深深低下頭。

「是嗎？可我卻知道，今天他向你發出了邀請，不是嗎？想要與你結盟，奪取魔王的位置。」

姬玄的瞳孔猛地縮緊，「那是——」

「你去好了。」

什麼？

「如果你想去，就去吧，與他結盟。」莫爾西斯滿不在乎地道：「如果想要王位，你們大可以去爭奪。怎麼，難道你覺得我會怪罪你嗎，姬玄？」

「我……不明白您的意思。」

姬玄實在看不懂莫爾西斯，明明是身處高位的君王，卻冒險參加王位爭奪；而現在，又鼓動自己去和別的候選人結盟。

他究竟是在意王位，還是不在意？如果不在意的話，他成為候選人，究竟想做什麼？

姬玄的確敬畏莫爾西斯，但不僅僅是畏懼他強大的實力，更是畏懼對方深不可測的心思。而對方，顯然不會向他解釋自己的行為。

「按照你的想法去做就好，然後，讓一切順其自然，直到最終來臨的那一刻……」

壁爐裡的火焰漸漸變小，黑影也逐漸淡去，等耳邊的聲音變得細不可聞時，姬玄再次抬起頭，卻已經看不到那個令人心生畏懼的身影。

房間內，又只剩下他一個。

空氣中還瀰漫著柴火燒盡的煙塵氣息，姬玄深吸了一口，推開窗，看著帝都上空越來越大的深淵。

「最終？」

魔物對人類的審判，即將到達最後的終點。

究竟是豢養、毀滅，或者保持現狀，三派爭執不休，就如同頭頂肆虐的黑色漩渦，不斷牽扯著欲望與爭奪，卻沒有結局。

這樣的最終，會是什麼時候降臨？

不知為何，姬玄突然想起了和張素芬相處的那段時間。

人類，貪婪而弱小的人類；捨棄一切，從容赴死的人類。這樣一個矛盾的生命，真的會如魔物所願，成為任他們宰割的事物嗎？

終點，又會是誰的終點？

Chapter 5

傲慢（五）

寒冷從黑暗中浸入骨髓，凍得韓瑟一個激靈醒過來。街角的風穿過巷子，直往衣袖裡鑽，深秋的冷意，好似要從每個毛孔透入骨髓。

韓瑟揉了揉鼻子，忍住了一個噴嚏，「竟然睡著了。」

他看了下時間，凌晨三點半。除魔組的人為了追蹤一個魔物的線索，在這裡埋伏了大半夜。

最近為監視帝都魔物的動向，除魔組各個小隊已經連續幾週，像今晚這樣在外奔波。如此高強度的工作，讓韓瑟也有些撐不住。

「睡了十分鐘。」他嘆了口氣，決定還是先問一下附近隊友情況，以免錯過了什麼。

然而他剛剛撥通號碼，就敏銳地感覺到空氣中的異動。

「是誰！」

韓瑟低聲呵斥，同時將手背在後面，想要去掏武器。

「我勸你，不要輕舉妄動。」

一道冰冷的聲音從身後傳來，韓瑟想要回頭望去，卻被一雙手用力扣住了脖子，壓在牆上，手機也掉在地上。

「想知道不聽警告的下場是什麼嗎?人類。」

臉部被重重擠壓在牆上，韓瑟發出一聲低鳴。藉著剛才那一瞬間的光線，他看清了襲擊之人的面容。

不，不能說是人。

是它。

「怎麼，你們家小主人又派你來找我嗎?」他絲毫不懼危險，調侃眼前的魔物，「他知道你來找我了嗎?」

威廉的雙眼，在黑暗中透露出詭異的暗金色。

「不需要。」他冷冷道，「殿下不該和人類太過親近，只要你不存在，他就不必知道這些。」

威廉鋒銳的指甲，猶如刀片一樣緊貼著韓瑟的喉嚨。

而這位除魔組隊長，依舊面不改色。

「是嗎？咳咳，可是你確定，他不會知道我被你滅口？」韓瑟反問：「畢竟我們曾擁有過良好的合作關係，如果他下次想找我時，卻發現我已經被他『忠心耿耿』的管家滅口，你覺得，你們家殿下會怎麼想？」

「我是為了殿下。」

「不是為了你自己？」韓瑟壓低聲音，嘲笑道：「難道不是因為害怕他超出你的掌控嗎，偉大的魔物大人？說起來我一直想不明白，像你這樣實力強大的魔物，為什麼會跟在他身邊？」

他勉強轉過頭，側著臉瞥向身側的那道黑影。

「一個是幾乎毫無經驗的年輕魔物，一個是實力和閱歷都超人一等的強者，你卻甘願做他的下屬，讓人不得不懷疑，你是不是在圖謀著什麼？唔，咳咳！」

感覺到壓迫在身上的力道變重了，韓瑟咳嗽幾聲，嗤笑道：「怎麼，被我說中了？你大可殺我滅口，不過這樣，你們家小殿下遲早會發現的。」

威廉聲音不豫道：「你在威脅我？」

「不，我只是在勸解你。」韓瑟說：「如果想掌控你們家殿下的話，僅僅殺死我是不夠的。你要殺了他會接觸到的所有人，給他洗腦，讓他只聽命於你。這不就是你想做的嗎？」

「我是為了侍奉殿下！」威廉反駁道。

「哦，為什麼？你真的做到了嗎？」

韓瑟大聲反問，他不怕惹惱對方，因為他在那雙眼眸裡看到了動搖。那是一絲連威廉本身都沒有發現的動搖。

沒過多久，他感到壓制住自己的力量在逐漸減弱。

「隊長！」

遠處傳來了其他組員的呼喚，韓瑟鬆了口氣。

他的目的達到了，拖延時間，等待小隊的其他人來。這時候威廉再想動手，就不會那麼容易了。

威廉顯然也意識到這點，他看著遠處正在接近的人類。

「你的狡猾替你保住了一條性命，人類。」他冷冷道：「但我警告你，不要再接近殿下，否則，我不會再顧忌什麼。」

扣住自己脖子的手徹底鬆開，韓瑟脫力地坐到地上，拚命呼吸著新鮮空氣。

「遠離？」他看著漸漸消失在黑影中的魔物，「為什麼要我遠離王晨，你覺得我會傷害他？」

「你是人類，而殿下是魔物。」

威廉的聲音，從黑夜中空洞地傳來。

「這就是原因。」

感覺到對方確實離開了，韓瑟放鬆地往後靠，因為緊張而滿是汗水的後背貼在牆上，感受到那份冰涼。

「隊長，你還好嗎？」終於有人找到了他，連忙走過來。

「發生什麼事，遇到襲擊了？受傷了嗎？」

韓瑟擺了擺手，示意自己沒事，然而他腦海裡卻還迴盪著威廉離開時說的那句話。

你是人類，殿下是魔物。

多麼傲慢的一句話。彷彿只要這句話，不需要理由，魔物便可以高高在上地俯視人類，將他們當作螻蟻，隨意蹂躪踐踏。

而他，卻無力反抗。

韓瑟靠在冰冷的牆上，眼裡倒映著高掛的月色，眸中卻是晦暗一片。

魔物，人類，除魔組。

明明沐浴在同一片月光下，處境卻截然不同。

一天後。

「隊長！」元亮拿著一疊資料走了過來，「這是最新搜集到的情報，全都在這裡了。」

「放那兒吧。」韓瑟頭也不抬，埋在一堆文件之中。

「隊長，你最近怎麼了？」元亮奇怪道，「自從那天以後，你就一天到晚在查資料，究竟在找什麼？」

他本以為自己不會得到回答，沒想到韓瑟開口了。

「魔物的狩獵情況。」

「什麼？」

「最近幾個月內，魔物狩獵的次數明顯減少了，你不覺得這很奇怪嗎？」

韓瑟指著文件上的資料，「這段時間內聚集到帝都的魔物是過去的三倍，但是被狩獵的人類數目卻不增反減。」他危險地瞇了瞇眼睛，「你認為，魔物是這種會克制自己捕獵欲望的生物嗎？」

「我……」元亮撓了撓腦袋，「隊長，我猜不出來，您直說吧。」

韓瑟嘆了口氣，「對魔物來說，它們會克制自己的欲望，證明著它們有更重大的事要做。你覺得，什麼事會比狩獵和滿足私欲，更能吸引那些野獸呢？」

元亮搖搖頭，「我不知道。」

「我也不知道。」韓瑟嚴肅道：「這才是最危險的地方。對付這些傢伙，我必須要知道，它們究竟在準備什麼。」

魔物們一定是在籌備某項重要的事情，無暇分身顧忌其他，所以一向冷靜的威廉，才會特意來警告自己，甚至準備剷除後患。

若是平時，傲慢的魔物根本不屑這麼做，只可能是發生了什麼事，不想韓瑟在關鍵的時刻跑去打擾，所以才特地來解決後顧之憂。

可是，韓瑟怎麼可能讓對方如意？他偏偏要查出這些魔物究竟在搞什麼名堂。

「隊長，既然你一直在擔心這些，為什麼不跟我們說呢？」元亮不解，「如果你想知道魔物們在做什麼，找更多的幫手幫你，不是更好嗎？」

韓瑟遲疑了一會，苦笑道：「大概是，我已經習慣了吧。」

習慣什麼？習慣一個人承擔大部分壓力，還是習慣沉默，將祕密守在心底？

元亮正要繼續追問時，看到韓瑟的手機亮了亮，有簡訊通知。

簡訊只有簡單三個字。

「知道了。」

然而韓瑟看到後，卻像鬆了口氣，臉上掛上一抹笑容。

元亮疑惑道：「誰的簡訊，你怎麼笑成這樣？」

韓瑟闔上手機，臉上的表情，帶著一絲懷念與擔憂。

「一個很重要的人。」

元亮正準備再問些什麼，俞銘和剛歸隊的李晟走了進來，而跟在他們身後的則是嚴懷。三個人的表情都很嚴肅，似乎發生了大事。

一進門，嚴懷就開口，「準備行動吧，試槍的機會到了。」

他打開一張電子地圖，指著上面的某個位址。

「今晚的任務，是突襲這幾個地區，都是高等魔物的居住地。」嚴懷咧了咧嘴，露出一口白牙，看向韓瑟，「我們的目標是生擒它們，難度可能會更大。

韓瑟，我知道你在調查魔物的事，難道你不覺得，這是一個獲得情報的好機會嗎？」

韓瑟道：「正有此意。」

「是時候讓他們知道，被獵物反咬一口的滋味了！」

在魔物們忙於內鬥和爭權奪位之時，沒有誰知道，除魔組反擊的利劍已經悄悄舉起。

另一邊，脫離兩方陣營，目前唯一的中立者王晨，終於等到他親愛的魔物管家回來。

公寓裡，王晨正百無聊賴地打發時間，卻突然感覺房間裡氣流混亂地流動，等再抬起頭來時，那個熟悉的身影已經出現在面前。

「威廉！你究竟跑哪去了？」王晨又驚又怒道：「你不在的這一天一夜，我只能吃劉濤煮的泡麵，我都快吐了。」

「十分抱歉，殿下，但我也是為了您在奔波。」威廉說。

王晨還沒問他到底忙了些什麼，魔物管家就告訴他，今晚將會帶他前去拜訪一位候選人。

「拜訪誰？候選人？你確定我和他見面，不會立即打起來嗎？」王晨問。

「候選人阿斯特里。」威廉道，「他是除姬玄外，另一位擁有公爵稱號的候選人。這次王位競爭的對手裡有三位君王，另外幾位候選人，包括您，都是處於絕對的弱勢。如果由您向阿斯特里提出合作，明智的魔物都不會斷然拒絕，為自己樹立新的敵手。」

「你確定是合作，而不是讓我成為他的附庸嗎，威廉？」

「只要您有足夠的實力，就不會成為附庸。」威廉淡淡道。

王晨輕笑一聲，上前拍著他的肩膀，「你對我還真有信心。說起來，要不是不太方便，我還真想和除魔組繼續合作下去，至少上次大家合作得挺愉快……」

他話還沒說完，就被魔物管家狠狠抓住了手腕。

「痛，威廉！」王晨抗議：「你幹什麼？」

威廉緊緊握住手裡這隻纖細的手，深深望著他的殿下，裡面有壓抑的憤怒與惱火。

「不要再妄想和人類合作，殿下。他們只是食物而已，您放太多心思在人類身上了。」

看見他的眼神，王晨反而不掙扎了，反問：「那為什麼魔物要以弱小人類的情感為食呢？你想過沒有，威廉？」

威廉沒有回答，他在王晨的臉上，看見自己無法理解的情緒。

許久，兩魔僵持不下。

「不是要去拜訪阿斯特里嗎，出發吧。」王晨先鬆口，嘆氣道：「不要耽擱時間了。」

威廉有一瞬間懷疑，眼前這個人，這是否還是他認識的王晨？

不再輕狂無知，不再浮躁，甚至看起來也不再那麼弱小。不，事實上至今為止，無論是面對利維坦、姬玄，還是其他魔物，王晨從來沒有在重要的事件中展露過那些缺點。

那只是他展現給其他人看的一面而已。

最後威廉還是低下頭，「是我冒昧了，殿下。」

Chapter 6

傲慢（六）

在鬧了小小的不愉快後，兩魔決定暫時擱置矛盾，先辦好當務之急。融入帝都的魔物圈，瞭解目前的情況，就是首要之事。

而劉濤和周子慕，很快就知道了他們要外出的事。

「帶我去，帶我一起去，老大！」劉濤抓著王晨的手臂，死不鬆手，「現在帝都這麼危險，你不要讓我一個人看家。」

「不是還有周子慕嗎？」

「和他獨處才更可怕啊！」

王晨無奈地問周子慕：「你的意見呢？」

「無所謂。」

周子慕一如既往地寡言少語，劉濤則是一貫地膽小怕事又多疑，王晨拿這兩人沒辦法，只能順手帶上。

就當是帶兩個小弟給自己撐場面吧，他這麼安慰自己。

然而主僕四人正準備出門時，卻聽到了意外的敲門聲。

叩叩叩，聲音一下一下緩慢地敲在門扉上，在空曠的客廳裡迴盪，一下子就止住了幾人的說話聲。

「半夜三更的，是誰上門？」劉濤低聲道：「老大，你在帝都有朋友？」

「沒有。」王晨皺眉。他們在帝都的住址，根本沒有告知任何魔物，如果有人找上門，肯定是來者不善。

「那就是上門踢館的了！」劉濤道，「怎麼辦，我們要逃還是要打？」

等等，也不是沒人知道自己住附近。上次出門時，不就在不遠處遇見了……王晨正在思考時，威廉已經信步走了過去，打開門。

「晚安，閣下。」

站在門口的，是一張冷峻的面容，正如王晨猜測的那樣，是姬玄。

「在附近找到你們並不難，畢竟，這半公里範圍內，也只有這裡的魔氣最強烈。」姬玄解釋了一番，絲毫不見客套，將視線投向王晨。

「上次說的約定，還有效嗎？也許你說的對，和一個實力相當的對手合作，比起任人宰割更明智。」

王晨：「我可以問一下是什麼讓你改變了主意嗎？」

「是莫爾西斯殿下的建議。」

「莫爾西斯？」

威廉解釋：「暴怒之君王，莫爾西斯，與你們同屆的候選人。有傳言，他的實力在七君王中位居前列。」

「這樣的競爭對手讓你來找我合作？」王晨皺眉，「確定不是玩笑話嗎？」

「正是因為強大，所以他可以無視弱者的聯合。」姬玄道：「但是，這並非我來找你的主要原因……」

他的目光投注在客廳桌上，不知誰吃剩下的半碗泡麵。

王晨與其他人的視線，也隨之轉移過去。

劉濤立刻坦白，「我馬上收拾，馬上收拾！老大，我發誓我絕不是亂丟垃圾！」

「人類。」姬玄突然開口道：「需要食物、住處和衣服來滿足溫飽，才能活下去的弱小生命；需要日日夜夜地鑽營，才可以活下去的物種。」

「在那些強大魔物的眼中，人類大概連螻蟻都算不上吧。」王晨聳肩。

「但是他們卻一直反抗，反抗命運，反抗我們。」姬玄的目光投遠，「為什麼？」

他想起與張素芬最後相處的那段時光。明明是個容易被情感控制的人類，明明已經身處絕境，卻在最後逃出他的掌控，選擇了另一種方式的自由。

這讓操控她的魔物感到挫敗。

姬玄看向王晨，「你贏了我，你更瞭解人類。告訴我理由。」

王晨說：「或許是因為人類有感情。」

「感情？」

「是啊，人類在不同的環境，會產生各種各樣的感情。嫉妒、同情、憐憫、憎恨；受傷了會感到疼痛，難過了會哭泣，遭遇不公會反抗。與之相比，魔物就像一碗清水，平靜無波，也沒有滋味。」

姬玄冷淡道：「但是感情也可能失控，會讓他們做出不理智的事。」

王晨說：「的確，但同時也可以成為一把利劍，去反抗他們的敵人。這大概是為什麼，人類屢屢超出魔物的掌控。因為他們的情感告訴他們，不甘做受魔物擺布的奴隸。」

「不甘？被強者控制，難道不是弱者天生的命運嗎？」姬玄問。

「那麼，有誰是天生的強者？難道弱者就不可以變強嗎？」王晨笑了，指著他的胸口，「問問你自己，你來找我，究竟是因為莫爾西斯的縱容——」

他低聲道：「還是因為你心底也不甘被他控制？」

姬玄瞳孔縮了縮，彷彿又看到莫爾西斯恐怖的黑影籠罩在頭頂，讓他無力反抗的那一幕。一剎那間，他似乎明白了什麼是不甘心。

當自己的命運被別人操縱時，心底的掙扎與反抗、對自由的渴望，是壓抑不住的。或許，那些人類也是如此。

「你來找我合作的原因是什麼，姬玄？」王晨又問了一遍。

這一次，姬玄回答道：「因為我不甘心。」

王晨笑了。有一句話他沒有說出口，魔物情感缺乏，如同一碗清水，而人類是欲望的載體、情感的溝壑，是充滿喜怒哀樂的顏料。當清水遇到顏料，被染上色彩的，究竟會是哪一邊呢？

答案很明顯。

王晨與姬玄的合作聯盟，就此達成。

從始至終，威廉一直安靜地站在一旁，聽著他們對話。他的眼神平靜無波，卻在聽到王晨對人類的評價時，微微閃爍了幾下。

威廉想，他的小殿下對人類如此瞭解，究竟是因為曾經在人類社會生活了二十多年，還是因為，直到現在他依舊保有一顆屬於人類的心呢？

你甘願做他的下屬，究竟是在圖謀什麼？

韓瑟的聲音迴響在腦內。魔物管家，再一次沉默了。

既然確認了合作關係，王晨將自己要去拜訪阿斯特里的消息告訴了姬玄，並發出了同行邀請。

姬玄沒有異議，於是這一行魔的隊伍又壯大了些，現在他們的陣容是，三個魔物、兩個魔人。

這三位魔物中，一位是實力深不可測的魔物管家，另外兩位是王位候選人。這樣的陣勢，在整個帝幾乎可以橫著走了。

然而，夜晚的帝都，依舊是屬於人類的世界。為了隱蔽起見，他們不能使用人類的交通工具，也不能使用威廉的時空法術。

「對於拜訪的對象來說，使用法術闖入，很失禮。」威廉這麼解釋。

「好吧，那我們該怎麼出門？」王晨無奈。

「步行。」威廉說，「既可以隨時規避麻煩的人類，也不會引人注意。」

「……阿斯特里的住宅，離這裡有多遠？」

「不用擔心，殿下，如果您覺得不適，我可以提供幫助。」魔物管家貼心道。

「謝謝，威廉。」王晨拒絕了他的公主抱，「我覺得我自己可以的。」

一群魔物與半魔人，便這樣踏上了拜會的路程。

「阿斯特里是目前最接近魔帥級的年輕魔物。」姬玄道：「你們確定要去拜訪他？我聽說他脾氣很暴躁，一言不合就會出手。而且他脾氣古怪，向來很少與外界接觸。」

王晨看了一眼旁邊的周子慕，以及曾是宅男的劉濤，說：「脾氣古怪的我們這邊也不少，正好會一會。」

見他一點都不擔心，姬玄不再多言，只是走了一會兒後，他又提起一件事。

「最近帝都，丟失了很多靈魂。」

「靈魂？」王晨腳步一頓，「那不正是魔物們的食物嗎？」

「我說的是丟失。」姬玄看了他一眼，「就像我們之前遇到的那次一樣。」

「你是說，和張素芬與李明儀的情況，一模一樣？」

聽到這句話，一旁的周子慕露出明顯不自然的神色。

王晨嚴肅道：「張素芬的魂魄我沒有收取，那李明儀呢？他的靈魂早就不見了，是被貝希摩斯拿走了嗎？」

「沒有。」姬玄道，「貝希摩斯並不喜歡人類的靈魂，她只喜歡賭約。」

「那就是無緣無故地消失了？人類死後的靈魂，會自然消失嗎？」

姬玄不贊同，「如果是自然消失，當然不會引起注意。我們發現的幾起丟失事件，都不是自然消失，而是有明顯的操縱痕跡。我懷疑，有魔物在大量搜集人類的靈魂。」

「有什麼用途？」王晨問。

有什麼用途？姬玄說：「在魔物的儀式中，需要使用人類靈魂的場合數不甚數。然而，需要用如此多的靈魂，卻十分稀少，除非是傳說中的召喚儀式。」

「召喚儀式，召喚什麼？」

「不，那不可能……」

然而姬玄還沒告訴王晨為什麼不可能，走在前方的威廉開口了。

「我們到了，殿下。」

幾人停下步伐，原來不知不覺中，他們已經抵達了阿斯特里的領域範圍。

威廉指著前方一棟僻靜的住宅，外觀完全看不出和普通人類的家有什麼不同，然而，一個實力強大的魔物，就住在這裡。

「既然是拜訪同為候選人的魔物，我和姬玄單獨去比較好吧。」王晨說：「威廉你留在這裡，幫我們戒備就可以了。」

「殿下。」威廉拉住了正要邁步的王晨，將他牽到自己身邊。「這次的目標不一樣，安全起見，我必須與您同去。」

「我又不會讓他受傷。」姬玄有些不滿。

威廉看了他一眼，「而我，不會讓任何人有機會對殿下出手。」

姬玄惱火地看向威廉，魔物管家也毫不示弱，回以嘲諷的笑容。對於王晨以外的候選人，他向來一絲面子都不給。

「我還沒有弱到要你們保護。」看著兩魔爭相把自己當作溫室花朵，王晨暗暗磨牙。「你們倆就在這裡僵著吧，我自己先過去了。」

「殿下，等一等！」

「老大，不要丟下我啊！」

不顧身後魔物與人類的呼喊，王晨先行一步，來到目標魔物的住處。只是眼前的景象，讓他徹底懷疑自己來錯了地方。

這棟房子位在近郊，周圍沒有什麼住戶，也沒什麼人煙——本來應該是如此，現在卻熱鬧異常。

王晨遠眺著從窗口裡冒出的黑煙，四周一地狼藉，他不由得懷疑，自己究竟是前往一位魔物的住宅，還是來到了戰場？

事實證明，他沒有想錯，這的確是屬於魔物與人類的戰場。

他小心地走近幾步，注意到這裡似乎有某種法陣，能隔絕一般人的探索。然而，這種法陣對魔物無效，無疑是個紕漏。

布置陣法的魔物是為了向同伴求援，所以故意留下漏洞?還是說，對方已經沒有力氣布置多重防禦了?

這麼想著，王晨小心翼翼地避過開闊處，按照他所感應到的氣息，進入屋內。

「呼……是誰?」

一道低啞的聲音從陰暗的角落傳來，帶著難以掩飾的痛苦。

王晨回身望去，眸色幾經變化。

他還沒來得及說些什麼，對方已經開口。

「同類?」疑惑的語調，參雜著不可置信。「你怎麼會到這裡來?」

王晨抿唇笑了，「看來你現在陷入了大麻煩。」

「與你何干!」

「阿斯特里。」王晨準確地喊出對方的名字，「如果我說，我是來向你提供幫助的呢?」

陰影中的魔物沉默，許久，才開口。「什麼條件？」

王晨心情很好。和魔物交談就是這麼簡單直白，不會拐彎抹角。

「很簡單的條件。」

Chapter 7

傲慢（七）

威廉與姬玄趕到時，看到的是令他們詫異的一幕。王晨正為一個半身沾滿鮮血的魔物治療傷口，而這個魔物，正是他們尋找的阿斯特里。

「好了，都來齊了。」王晨用力在綁好的傷口上拍了一下，聽著阿斯特里吸氣的聲音，愉悅地道：「繼續談談我們的交易吧。」

「我欠你一次。無論是什麼要求，都必須答應，對吧？」阿斯特里黑著臉，「哪怕你是讓我放棄王位爭奪。」

「放心，我暫時不會那麼要求的。」王晨抬起頭，向還在狀況外的威廉與姬玄道：「現在外面情況怎麼樣，你們遇到襲擊了？」

威廉等人之所以姍姍來遲，正是因為在半路上遇到伏擊阿斯特里的那批人，為了不引起對方注意，才不得不輾轉前來，以至於耽誤了時間。

「是除魔組？」王晨問。

威廉臉色不豫道：「正是他們。」

「有辦法甩脫他們嗎？」

「甩脫，面對區區人類，我們竟然要退避？」姬玄納悶，他的自尊無法接受這點。

「不然呢，連阿斯特里都傷成這樣，你以為他們很好對付？」王晨眨了眨眼，「當然，他們肯定帶著什麼祕密武器，最好不要硬碰硬。我們盡快撤退，越快越好。」

此時在不遠處，一群全副武裝的人正緊張地聚在一塊商議。這幫人，正是韓瑟所率領的小隊。

「隊長，魔物負傷躲回巢穴了，目前無法探測到它的具體位置。」

「只是一幢普通住宅而已，為什麼不直接攻進去？」

「那是魔物的大本營，我們不確定裡面是否有陷阱，何況，這次的對象並不好對付。」牆邊，韓瑟嘴角微微勾起，「不過這也證明，我們釣到了一條大魚。」

看著剛剛用過一次的最新武器，他喃喃道：「還有一發子彈。」

屋內，魔物們還在就是否撤退爭執著，王晨見無法說服他們，索性問重傷的阿斯特里，「你是怎麼被他們打傷的？」

阿斯特里鬱悶道：「是一把手槍。」

「槍？」

整間屋子的魔都發出疑問。僅僅是一把槍，就能讓實力強橫的阿斯特里受這麼嚴重的傷？

「當然不是普通的手槍！」第一魔將，三大實力候選人之一的阿斯特里覺得自己被藐視了，暴躁道：「一定是那些狡詐的人類使了什麼手段，我一時大意才會——」

「一時大意？」王晨玩味道：「一時大意導致這樣的結果，該說是輕敵還是失誤？」

阿斯特里悶不吭聲，半晌道：「總之，你只要按照約定將我安全送走，我們的約定就達成了。你還在磨蹭什麼？」他不滿地看向王晨。

威廉皺眉，悄悄往前一步，擋住了阿斯特里的視線。

「不是磨蹭，是謹慎。我可不想像某魔一樣因為大意而受傷。」王晨環顧了房內諸魔一眼，突然笑道：「吃了這麼大的虧，你們仍覺得這只是一次巧合，或者意外？」

姬玄不解地看他。

「無論是什麼原因，人類能重傷阿斯特里都是事實。」王晨指了指阿斯特里的傷口，「這代表什麼？代表人類已經有了足以遏制魔將，乃至於魔帥的手段，而除魔組敢直接找上門，更表示他們即將有大動作。你們再繼續小瞧人類的話，無疑會導致更多損失與麻煩，說不定，還會影響到王位爭奪。」

王晨對眾魔道：「魔物將人類視若敝屣的時代該過去了。」

屋內的諸位都沒有出聲，別說是姬玄和阿斯特里了，就連一向附和王晨的威廉，此時都沒有回應。

以平等的地位看待人類，對於魔物們來說，是一件連想都不會去想的事情。

他們比人類強大，比人類完美，比人類優秀，生來就覺得自己優於人類，又何錯之有？正是因為這種對比產生的強烈自信，養成了他們的傲慢。

見沒有得到回應，王晨暗暗嘆了一口氣。他很無奈，只覺得這種與生俱來的傲慢實在不可理喻。

不知道其他魔物怎麼想，反正他這個半路出家的，無法理解這些既鄙視人類，同時又渴求人類的魔物。

不過他有時候會想，這種不可理喻的傲慢，會不會也是一種自卑？因為求而不得，只好自欺欺人地裝出一副不屑的模樣。

要是這麼一想，其實他們還滿可憐的。

他正想著，威廉開口了。

「殿下，您認為我們不將人類放在眼底，那您可有將人類放在眼中？」魔物管家沉聲道：「您甚至連魔物都不放在眼裡。」

王晨提起魔物時，總是用「你們」，很少使用「我們」——他打從心底不將自己當作魔物，當然也不是人類。

「如果魔物對人類的傲慢是一種罪，那您對魔物的傲慢，難道不也是罪？」這是威廉初次以如此尖銳的語氣質問王晨。

王晨久久沒有反應過來，只是看著威廉，一時想不到該怎麼回答。

這個魔物管家，總是一次比一次更難以應對，而他的這句話，未必沒有戳穿王晨最深處的心思。

姬玄看不下去他們之間的氣氛，忍不住出聲道：「現在不是討論誰傲慢誰不傲慢的時候。」他指了指隱隱傳來腳步聲的樓下，「解決下面這幫人，才是首要之務。」

「的確如此。」威廉微微點了點頭，對王晨躬身道，「為了安全起見，請讓我負責應對除魔組，殿下您帶阿斯特里離開。」

他此時恭敬的語氣，和剛才質疑王晨時完全是兩個模樣，臉說變就變，簡直就像是兩個人。

王晨一時還沒緩過神，等他回神的時候，威廉已經不在屋內了。一旁姬玄等魔正看著他，以眼神催促他離開。

只有趁威廉吸引了除魔組的注意力，才不會被他們抓到線索追趕而上。

「走吧。」姬玄伸出手，「如果他都撐不住這個場面，那我們留在這裡也沒用。」

這個時候使用瞬移，倒不用擔心不便了。

最後看了眼門口，王晨跟著他們一起瞬移離開。

只是屋內場景在眼前消失的那一秒，他腦內還迴盪著威廉的那句話。

那您對魔物的傲慢，難道不也是罪？

王晨竟發現自己，無從否定。

樓下，一眾除魔組成員如臨大敵地看著出現在他們面前的男性魔物。

俊美、沉穩、優雅，卻無比危險。他帶來的壓迫，甚至比之前的阿斯特里還要強大數十倍。

韓瑟看著威廉，突然笑出聲來。

「這麼快又見面了？」

威廉沒有理他。

「我可還記得上次你給我的『禮物』。」韓瑟調笑道：「也許下次見面的時候，我該直接奉還他？或者說，與你的主人當面談一談？」

嗖——

遍地煙塵飛揚，韓瑟動作靈敏，驚險地躲過了威廉突然的一擊。他看著眼前惱怒的魔物，微微笑了。

果然，看來對於這位來說，王晨就是它的逆鱗。

韓瑟握著槍，似乎在為興奮而顫抖。這種等級的魔物，真是絕佳的試槍對象。

戰鬥一觸即發。

離此地一百多公里處，王晨像是想到了什麼，問阿斯特里道：「你身上的傷口不像是中槍後的貫穿傷，究竟是怎麼回事？」

與其說是外傷，不如說是內部血管崩裂造成的內傷。

「……不清楚。」阿斯特里道：「普通子彈造成的傷口，我瞬間就可以自己治癒，但是這次不太一樣。在中槍的瞬間，我忽然無法控制自己，覺得全身似乎從內而外撕裂開來，等到回過神，就已經滿身是血。」

王晨與姬玄對望一眼，都覺得其中大有蹊蹺。這次除魔組的祕密武器，究竟有著怎樣的功能？

屋內，韓瑟瞇了瞇眼，看著眼前那個強大到令人膽顫的魔物。

多數人都認為魔物沒有感情，其實並不對，他們只是感情薄弱而已。對於魔物來說，過多的情感是累贅，也是困擾，因為他們無法像人類一樣，通過其他方式處理情感。

而只要魔物心底還有一絲執著，就逃不過韓瑟手中這把槍的懲治。

這是一把能無限放大心底情感的槍，它對人類並不會造成太大傷害，但是對從未嘗試過情感的魔物們而言——它就是災難。

執念越深，傷得越重。

韓瑟想，這位總是面無表情的魔物管家，心底的執念會是什麼呢？

開一槍試試吧。

藉著屬下的掩護，他朝威廉扣下扳機。

砰！

子彈脫膛而出。

Chapter 8

傲慢（八）

王晨有些心神不寧。

在他面前，姬玄正在幫阿斯特里查看傷勢，劉濤忙著看熱鬧，唯一注意到他的異樣的，只有周子慕。

「怎麼了？在擔心管家？」

周子慕站在牆角，表情依舊淡漠。

王晨點了點頭，須臾，又搖了搖頭。

「威廉的實力遠在我們之上，我不認為他會敗於除魔組手中。」說到這裡，他卻又皺了皺眉。「但是我心裡總有幾分不安，好像會發生什麼事。」

「發生在管家身上？」

「不，還有我們。」

王晨轉身，看向這一屋子的魔。

姬玄、受傷的阿斯特里、劉濤，以及周子慕。雖然數目上沒變，但是用一個重傷的阿斯特里替換掉威廉，他們的實力一下子大打折扣。

姬玄不解他的擔心，「不是還有我在？」
「真正有危險的時候，我卻不能依賴你。」王晨道。
姬玄皺眉，覺得自己的實力被小看了。別說是保護這幾個人，哪怕是再來十個八個要他罩著，都不在話下。
「如果來的不是一般的人與魔，而是像你，甚至是實力比你還強的魔物，我們能有多少應對之力？」
王晨搶在姬玄反駁之前道：「而且，這次我有種很不好的預感。從以前開始，我就一直覺得自己落在誰的圈套裡，起初我以為是你，後來卻發現不是，但還會有誰會針對我下套？阿斯特里嗎？」
受傷的阿斯特里不屑道：「老子從不玩陰的。我要是看你不順眼，直接將你一拳打飛，哪需要下什麼套？」
王晨點點頭，道：「你們的性格都是如此，不可能設計這麼多圈套。不過仔細想想，阿斯特里的住處，連我們都需要費心尋找，那群除魔人是怎麼得到情報的？還有最近接二連三丟失的人類靈魂……這一切不會太過巧合了嗎？」

他說：「除魔組疲於應付魔物，而魔物們本身也難以安寧，你覺得，最後誰能獲利？」

這麼一說，姬玄也認真思考起來，「會是誰？」

「除了你我以及阿斯特里之外的候選人都有嫌疑，你有沒有什麼人選？」王晨問。

姬玄仔細思索一番，不一會，臉色變得難看起來。

「你想到了誰？」王晨緊追不捨，「是誰？」

「不，他如果想要獵取人類的靈魂，簡直是易如反掌，不必繞這麼多圈子。」

王晨逼問：「說出他的名字！你懷疑的那個對象！」

姬玄僵著臉吐出幾個字。

「莫爾西斯。」

一聽見這個名字，連坐在床上的阿斯特里都抖了一抖。「莫爾西斯大人？」

「莫爾西斯，暴怒之君王，也是與我們同一屆的候選人。」他喃喃道：「他的實力在此次參加候選的三位君王中並不是最強大，卻最不好惹。傳說他與前任魔王關係親密，如果是他，如果是他在針對我們，那就完蛋了。不不不，他針對的是你們，和我無關！」

對於這個急甩包袱的魔物，王晨忍不住翻了個白眼，道：「我對他有點印象。之前威廉提起過，說莫爾西斯是個擅長隱忍，沒有絕對把握絕不出手的魔物。有沒有可能，最近幾起人類靈魂失蹤的事件全是他所為？」

「絕對是他，他就喜歡在背後弄這些名堂。而且現在饕餮的狀況越來越不穩定，誰知道他拿走那些靈魂是為了什麼。」

「前任魔王……」王晨低喃著這個詞，「既然莫爾西斯與前魔王交好，那他有沒有可能知道前魔王的消息？他是死了，還是活著？」

「陛下當然還健在。」姬玄奇怪地看向他，「只有在選出新王之後，前王才會退位，你不知道？」

王晨心裡愣了一下。如果是這樣，為什麼威廉幾次向他提起前魔王所用的語氣，都透露著對方已經不在的訊息？

他暗暗掩飾住心底的驚訝，道：「沒有人跟我提過。」

「威廉長老也沒有對你說過？」

「或許他忘記了吧。」王晨隨口帶過，「這麼說來，威廉實力如此強大，為什麼會到我身邊幫助我？你們以前有聽過關於威廉的消息嗎？」

姬玄與阿斯特里對望一眼，說：「在這屆王位爭奪開始之前，從沒有人見過他，而他出名，也是在新的魔王候選開始之後。大約二十年前，威廉出現在魔界後，就一直行蹤詭異。至於他為什麼選擇協助你，這也是我們一直都想不通的問題。」

果然，威廉身上有很多祕密。不過現在他不在身邊，即使想要追問也無從下手。

王晨想，只能等他回來再問了。

威廉什麼時候回來呢？

王晨等了幾個小時，沒有等到威廉，卻等到了另一位客人。見到對方的面容，王晨大大吃了一驚，沒想到竟然遇見了許久未見的人。

「甄芝？為什麼妳會在這裡？」

這位長久未見，曾經落入利維坦陷阱的女孩，現在已經換了個模樣。她不再是當時那副蒼白的樣貌，整個人有精神許多，以至於王晨差點認不出來。

「妳……」王晨疑惑道，「妳怎麼會在這裡？」

「我、我做了一個夢。」甄芝道：「我夢到了倩倩，夢裡她一遍遍地告訴我要到帝都來。我夢到了好幾次……我只是，我只是不放心，才會到這兒來看看。然後剛才我走在路上，遇到一個陌生人，他告訴我你在這裡。抱歉，實在是打擾了。」

王晨看著她，心情複雜。

現在情勢複雜，他沒空和甄芝客套，但人家都找上門了，總不好直接把人趕出去。外面那麼混亂，魔物和人類亂成一團，根本無法分辨，他也不放心……

等等！

王晨心下一跳，隨即想到另一個問題：「誰告訴妳我在這的！」

「一個陌生人。」甄芝困惑道：「說來奇怪，我也不知道他怎麼知道我認識你的。」

「妳記得他的長相嗎？」

「不、不記得了。對了，那人好像還留下一句話。」

「他說什麼？」

甄芝學著對方的語氣，沉聲道：「你最重要的人，我就收下了。」

王晨眼皮一跳，繃緊的神經驟然斷開。他大力推開門，頭也不回地衝了出去。

「等等！」劉濤大喊，「老大！怎麼回事？」

然而王晨並未停步，早已跑得不見蹤影。

劉濤一把抓住甄芝，「妳到底是誰派來的，胡說八道些什麼！」

「別為難她了。」周子慕冷著臉，「她應該只是被人，不，被魔物利用了。」

被誰利用？

所有人心底，都浮現上了同一個名字。

「總之——」周子慕拉住劉濤，對其他人道：「我們現在先跟上去，他一個人出去很不安全。」

姬玄臉色陰暗，點了點頭便率先出門。

離開前，他看了眼甄芝，什麼都沒有說。

其他人一一從甄芝面前走過，劉濤經過時還狠狠地撞了她一下。而後一個離開的周子慕，在邁步出門時，疑惑地看了她一眼，才轉身離開。

在所有人離開後，唯一一個留下來的魔物，就是受傷的阿斯特里。一人一魔單獨相處，氣氛顯得有些詭異。

「是莫爾西斯讓妳來的吧。」

他看著甄芝，突然狡猾地笑了一下，「我倒是不知道，他什麼時候有了一個人類手下？」

甄芝臉上單純的表情漸漸褪去，須臾，一道黑影從她腳下的陰影中浮現——女孩的打扮、嬌俏的面容，正是貝希摩斯。

她一離開甄芝的影子，甄芝便失去意識，暈倒在地。

「果然是妳。妳究竟在打什麼主意，還把他們都引過去？」阿斯特里道：「難道那個威廉真的出了意外？」

「我不知道，你們之間的事與我無關。」貝希摩斯轉身離開，「我只是負責把人引出去而已。完成了任務，我就可以回去找利維坦了，才不需要在這裡陪你們繼續玩無聊遊戲呢。」

她看著腳下，曾經被自己占據過的人類女孩的軀殼。

「人類，真是脆弱、又無用的生物。」

「咳咳，咳咳！」

遠郊，阿斯特里住宅，王晨他們先前逃離之地，此時正濃煙密布。

「隊長！煙霧這麼大，看不清楚啊！」元亮抱怨道：「你那一槍怎麼這麼大動靜？」

「笨蛋！」韓瑟拍了下他腦袋，「不是我的槍動靜大，是那個魔物搞的鬼。」

他望著煙霧最深處，喃喃道：「也不知道打中了沒有。」

遮蔽視線的煙塵太過濃郁，除魔組的人僅憑肉眼什麼都看不見，只能通過儀器搜尋。然而，那瀰漫的煙霧似乎連電子信號都可以阻斷，他們一無所獲。

韓瑟心中陡然升起一股寒意，猛地揮手對屬下們大喊：「撤退，都先退出門外，快！」

除魔組的隊員們謹遵命令，然而出入口太窄小，僅容一人通過，只能一個一個來。

韓瑟站在旁邊警戒，心裡的不安卻越擴越大，大吼道：「打破窗戶，直接出去，別管了！」

元亮不明白他為何這麼緊張，追問道：「隊長！什麼事——隊長！」

煙霧內突然竄出一條黑影，韓瑟警覺地避讓了一下，但還是沒有完全躲過，眨眼間被黑影刺穿了左手臂。黑影穿透了肌肉，擦著肱骨而過。

韓瑟忍著劇痛，滿頭都是汗水。他的手臂被牢牢釘在牆上，根本無法脫身。

「隊長！」

「韓隊長？」

「看什麼看！我叫你們撤退沒聽到嗎？快滾！」

「可是——」

「你們脫身好歹還能幫我呼叫救援，難道想大家一起死在這裡嗎！」

元亮與俞銘一咬牙，帶著剩下的隊員們衝了出去。

「隊長你等著，我們馬上就回來！你一定要堅持住！」

「臭小子。」

咬牙切齒地罵了一句，韓瑟苦笑，「我要是還有命等你回來就好了。」

他看著煙霧中逐漸顯現的黑色身影，心漸漸沉寂了下去。看來這次，他似乎真的要死在這裡了。

「人類，為什麼你不逃？」

魔物冰冷的聲音從煙霧中傳出來。

韓瑟咧嘴笑了一下，用腳勾起地上的一柄長刀，不知道是誰慌亂間掉下來的武器。

魔物見狀露出了冷笑，似乎對韓瑟的垂死掙扎感到不以為然。「你們總是如此愚蠢，盡做一些沒有希望的反抗。」

「是啊，的確不怎麼有希望。但我們就是學不乖，有什麼辦法呢？」韓瑟狠下心，把刺穿左手臂的銳物抽了出來。

槍裡的子彈已經用完了，魔物卻依然筆挺地站在自己眼前，看來方才那一槍，並沒有擊中對方。

對不起啊，嚴懷，韓瑟在心裡苦笑，沒辦法幫你做最重要的測試了。他無奈地掀了下唇角，對著魔物緩緩舉起刀柄。

「即便知道勝算不大，只是到最後，不反抗實在無法甘心啊。」

即便他知道，自己這一次，大概是再也無法睜眼了。

「為什麼？人類弱小、無能、貪婪又自私，為什麼總是要做無謂的反抗？」冰冷的聲音從黑暗中傳來。

「因為誰都不想死。因為我們，比誰都更想活下去！」韓瑟低喝一聲，握緊長刀，對著陰影中的魔物衝了過去。

因為人類，不願死去，更不願意屈服魔物！

籠罩在帝都頭頂的黑色漩渦，在那一瞬間，露出了猙獰的嘴臉。

同一時間，王晨正匆匆向外郊趕去，心急如焚。

誰都沒有注意到頭頂的天空在不知不覺中發生了變化。

一直以來緩緩轉動的黑色深淵，此刻在急劇地湧動著，雀躍歡呼般地向某個地方湧去，黑色的氣流如同揮舞的爪牙。

就像在慶祝，即將到來的最後晚宴。

Chapter 9

傲慢（九）

人類是一種奇怪的生物，曾有魔物這麼評價。

他們時常會內鬥得無法開交，死傷無數，彷彿性命就如同兒戲，但是當遭遇到外部攻擊時，他們會目標一致地抵禦外敵。

他們生來即帶有原罪，每個人都不無辜，但是總有人寧可犧牲性命，也要保他人周全。

他們稱這種行為，叫做犧牲。

這樣不符合生物求生本能的行為，魔物們一直無法理解。

他們不能理解，這與人類心底最深處，那份情感有關。

威廉只是輕輕地揮手，那個男人便如同草芥一樣高高飛起，不過，卻是重重地落下。

磅！

肉體砸在地面發出沉重的聲音，聽得讓人心驚，但威廉只是瞥了一眼如爛泥般摔倒在地的人，轉身就向屋外走去。

然而，那個弱小的人類，卻擅自爬了起來。

「咳咳。」

擦去嘴角溢出的鮮血，韓瑟硬是站了起來。

「別小看我啊。」他笑著，嘴角都笑出血沫。「我還在這，你怎麼能去找其他人呢？」

聽著這曖昧不清的話語，威廉輕蹙眉頭。他看向身受重傷、勉強扶著牆站起來的韓瑟，眼中有輕視，有不屑，也有不解。

「即使你現在擋得下我，也無法阻止我殺了你之後再去殺你的屬下。」威廉道：「沒有意義。」

「有沒有意義，等我死了再說。」韓瑟長刀抵地，支撐著自己站起。「最起碼現在，我要把你攔下來。」

「就憑你？」

「當然不只是我。」韓瑟笑了笑，鮮血順著嘴角滴在衣襟上，開出一朵朵紅色的花，「不過我會是第一個！不是有句話那麼說嗎？一個勇士倒下去，還會有千千萬萬個勇士站起來。至少，讓我來做這第一個勇士，說不定以後還會流傳千古呢。」

到這種時刻還有心思開玩笑的韓瑟，讓威廉更加覺得不可理喻。

他討厭這種，他無法明白的情感。

韓瑟還在笑著，然而回應他的，只有威廉毫不留情的攻擊。

就像是想要戲弄這個人類一樣，每一擊都是從他身邊擦身而過，留下皮開肉綻的傷痕，卻沒有真正奪去他的性命。有的，只是一道道增添的傷口，以及一滴滴落在塵埃上的鮮血。

威廉要一點一滴耗盡韓瑟的性命，以這種方法折磨他，讓他絕望。

然而就像是打不死的小強，一次次摔倒後，韓瑟還是憑著胸中的那口氣站了起來。

又一次被威廉擊飛出去後，他終於沒有力氣爬起來了，索性躺倒在地上哈哈大笑。

那笑聲，莫名勾起了威廉心中的不悅。

他不會問這人類為何而笑，為什麼竟然讓明明處於優勢的他有種被藐視的感覺！威廉升起一股怒意，決定徹底解決這個人類。

韓瑟一陣快意大笑後，卻說了一句不明不白的話。

「果然，那發子彈還是擊中了你。」眼前一片昏黑，闔上雙眸前，韓瑟留下最後一句話。

「我等著，他一定會來的。」

他一定會來的？他是誰？來了又能做什麼？難道那個被韓瑟期盼的傢伙，還能夠傷害到自己不成？

威廉心中湧上陣陣煩躁，總算覺察出自己的不對勁。

此刻的他沒有平時的沉穩，輕易就被一個人類擾亂了心緒，而在心裡最深處似乎有什麼正叫囂著，即將突破屏障，噴湧而出。

會是什麼？威廉對自己的改變感到一陣惘然，卻又止不住地期盼。

與此同時，帝都上空的饕餮彷彿若有所感，更加快速地向這個方向湧去。似乎有什麼大事，即將發生。

已經趕到房屋前的王晨一行，終於注意到頭頂天空的異變，然而更讓他意外的是此時屋內詭異的寂靜。

沒有戰鬥的聲響，沒有活物的氣息，就如同一座陰森森的鬼屋，完全不是他們離開時的那個模樣。

「除魔組的人撤退了。」姬玄看著四周的痕跡，道：「看起來很匆忙，他們一定是在威廉手裡吃了一個大虧。」

「進去。」王晨臉色不佳，不多說，直接進屋。

踏進屋內，所有魔第一眼看到的，便是如同屍體般躺在角落裡的韓瑟，以及沉默地站在屋中的威廉。

他與平時很不一樣，那雙沉暗的眸子一直在思索著什麼，看到進屋的王晨，其中閃過一道暗芒。

「殿下。」威廉出聲道，聲音有些沙啞。「您不應該過來，這裡本該交給我，那些清道夫們或許還沒有完全離開。」

「是嗎？」王晨聲音莫名地低沉，「不過我看你贏得很輕鬆，哪裡有危險？」

威廉突然低聲笑出來。

他說：「危險是無處不在的，殿下。」

魔物管家不愛笑，即使笑，大多時候也是冷笑或者諷笑。像這樣真正帶著快意的笑容，別人可從來沒有見過。

一片廢墟中，俊美的魔物就站在那，對著眾人展顏而笑，這樣的情景，莫名地有些蠱惑的味道。

劉濤不受控制地，往前走了兩步。

「不要過去。」周子慕一把拉住他，看向威廉的眼中盡是戒備，「他不太對勁。」

劉濤這才回過神，仔細盯著威廉半晌，恍然大悟道：「真的哎！你看，管家什麼時候這樣盯著人看過？而且他一直在盯著老大看，瞥都不瞥我們一眼！」

廢話，要是這麼盯著你看，你一定快被嚇死了。周子慕腹誹，轉頭去看王晨。

威廉一直目光灼灼地盯著他看，但是王晨卻從進屋開始看都沒看過威廉一次。

他的目光，一直投向屋內另一個角落——那個渾身浴血的人類。

韓瑟躺在地上，胸膛已經沒有起伏，嘴角卻還掛著一絲笑意。

正是這份笑意讓威廉很不開心，明明折磨他至死，韓瑟表現得卻像威廉才是那個失敗者。這豈止是傲慢！

「您在看什麼，殿下？」魔物管家緊盯著王晨，「您很關心那個人類，我記得您曾經送過一束花給他。」

「是啊，他當著你的面花了五十元，從我這裡便宜買走的，但其實賺的是我。」

王晨漫不經心地說著，但是站在他身旁的姬玄卻注意到，他緊握的雙手竟然在微微顫抖。

似乎掩藏著什麼極大的憤怒或悲傷！

姬玄的眸子暗了暗，注意到這兩魔之間詭異的氣氛。

饕餮此時就在眾人頭頂盤旋著，不，或者是說就在威廉與王晨之間，靜靜地蟄伏。

「威廉。」

「是的，殿下。」

「你殺死他的時候，在想什麼？」王晨問。

「一隻惹人厭煩的螻蟻。」威廉直白道。

而這一次，即便遲鈍如劉濤，也察覺出了王晨的不對勁。

「您似乎很傷心。」威廉看向自己的主人，露出一抹笑容，「可是我不明白，為什麼？您是在為這個人類哭泣嗎？」

「哭泣？」王晨笑，「是的，如果我有眼淚的話，我就是在為他而哭。」

「為什麼？」

「因為我不希望他死。」

這句話一出口，在場的所有人都睜大了眼，一齊看向王晨。即使有人察覺到他情緒不對勁，也沒有想到他會如此輕易地說出來。

明明一方是魔王候選人，一方是與魔物為敵的除魔人，難道他們之間有什麼外人不知道的關係？而王晨之前竟然能掩飾得這麼好，沒有任何人看出來！

姬玄腦海中突然冒出一個想法。

也許王晨認識這個除魔人，甚至，早在遇到威廉之前。

現場所有人望向王晨的目光都變了一變。

唯獨威廉像是沒有明白其中深意似的，語帶遺憾地道：「如果早知道您這麼關心他的話，我也許不會下如此重手。可惜，他已經死了。」

「沒有關係，他不會死。」王晨這時候才抬頭看了威廉一眼，「因為我可以讓他活著。」

時間逆流，這項只有王晨掌握的能力，用到極致處便可以掌控生死，但是一旦操縱不當，也會對使用者本人產生反噬。當然，即使有副作用，這也是一項十分逆天的能力了。

很久以前，王晨曾猜測過威廉是不是因為這個能力才來輔佐自己，畢竟威廉來歷不明，實力高強，無所不知，卻對關鍵的幾個問題含糊不答。比如其他魔物都肯定前魔王還活著，只有威廉說是不知道。

這種種疑惑，直到今天，他心裡才有了一個大致的推測。

看著眼前俊美的魔物管家，王晨心裡突然有些感慨。

如果真是像自己猜測的那樣，自己竟然讓這個魔物服侍了這麼長時間，還真是天大的面子啊。

兩魔之間的氣氛越來越僵，其他魔都不敢輕易出聲。

「您希望他活著，我可以知道為什麼嗎？」威廉輕聲問，「我不喜歡這個人類，您卻想要救他。殿下，您不該如此不聽話。」

王晨反問：「我為什麼要聽你的話？你只是管家而已，還是說你要用其他身分來命令我？比如長老，或者是別的什麼？」

威廉沉默不語。

「老大。」劉濤看看氣氛僵硬的威廉與王晨，心裡難掩不安。「不過是一個除魔人而已，何必為了他鬧得大家不愉快呢？」

王晨淡淡望了他一眼。劉濤心裡登時涼颼颼的，意識到自己似乎說了什麼不該說的話。

「劉濤。」王晨喊了一聲。

「在、在！」劉濤連忙應聲。

「你還記得你的母親嗎？」

「當然了！我現在每個月都會回去看她，那是我親生老媽好不好。」他有些費解，不明白王晨這時候提這個做什麼。

「那麼，如果你的母親死在我手中，你會怎麼辦？」

劉濤迅速地搖了搖頭。「老大你怎麼可能做那種事。」

然而王晨堅持地再問了一遍，「如果我殺了她呢？」

劉濤猶豫了許久，咬牙道：「那，那我一定會報仇的，哪怕對手是老大你！」

聽見他的回答，王晨終於笑了。

「因為你愛她嗎？」

「……嗯。」

「這就是原因，威廉。」

王晨回身，看向自己曾經的魔物管家，「我一直在想，人類與魔物之間的區別在哪？如今，你知道了嗎？是愛。人類擁有一顆可以愛人的心，魔物沒有。」

威廉不以為然道：「那是無用的情感。」

「不，是很重要的情感。」王晨笑了笑，「威廉，你似乎從來沒有關心過，我還是人類時的父母和家庭。是不是對你來說，那些根本不重要？你是不是認為，變成魔物的我也不會再在意曾經的家人了？是嗎？」

威廉不再說話，而是沉默地看著他。

王晨說：「但是我沒有告訴你，在還是人類時，除了父母之外，我還有一個哥哥。」

劉濤十分破壞氣氛地道：「不是吧，老大你竟然也是人生父母養的，還有哥哥？」

周子慕皺了皺眉，堵住他的嘴。

「讓王晨說完。」

同時，他不知想起了誰，表情變得有些陰沉。

「當然，他們不是我的親生父母，不是我親生的家人。不過不論如何，你都沒有在意過，是不是？」

威廉說：「殿下您從來沒有提起過這件事。」

王晨又笑了，輕聲道：「那是有原因的。從小，我就被特殊照顧著，一旦離開家，幾乎就不能和他們見面，就連我的哥哥，即使見了面也要互相裝作不認識。為了一些理由，我們必須得裝成陌生人，他要和我說一句話，還得千方百計地找藉口。

「上次見面時，為了不被人發現，他只在接過花束時悄悄握了一下我的手。但是我還記得，那雙手的溫度和小時候一樣，很溫暖。」

他抬起頭，望了屋內眾魔一圈，最後目光停留在威廉身上。

「我有沒有告訴過你們？我有一個哥哥，他的名字叫做韓瑟。」

Chapter 10

傲慢（十）

我是由人類撫養長大的。

有時候，王晨會對周圍的魔物說起這麼一句話，但所有魔物都只當這是一句陳述句，並沒有思考這句話背後的涵義。

王晨是由人類養大的，這意味著他至少有一對人類雙親。而他，其實還有一個就學中的妹妹，以及一個早已開始工作的哥哥。

因為某個必須深深掩埋的祕密，他們不能常常相見，即使偶爾見面，也只能裝作互不相識。

「你好，可以轉賣我一束花嗎？」

當那個男人走過來時，誰都沒有發現他那客套生疏的笑容下，掩藏的一份真心。

接過花束的手在王晨掌心輕輕滑過，留下了抹不去的溫度。只有他們彼此明白，這是一份小心翼翼的問候。

從此以後，還得繼續裝作路人，裝作敵人，彼此廝殺；偶爾一起攜手並進，也得披著互相利用的外衣。

直到祕密被揭開，或者，直到其中一個死亡。

「我等著，他一定會來的。」

韓瑟笑著閉上眼，留下最後一句話。

然後現在，王晨站在威廉身前。

他來了，如此理所當然。

人類大約從幼兒時期開始才有記憶，記得的也只是一些模糊不清的畫面，就像電影中一晃而過的某個鏡頭，也許見證過它的存在，但並不深刻。

但是他不一樣，從有自我意識的那一刻起，他便能記住周圍的一切人與事。

每一分每一秒，每個人每張面孔，盡在腦中，纖毫畢現。

他不知道自己是誰，來自哪裡，只知道周圍那些人看自己的目光，就像是在看一個珍貴的試驗品，或者是一個必須戒備的危險物。

唯獨，不把他看作同類。

穿著白大衣的人們將他團團圍住，給他灌輸各種思想，教導他如何與正常人一樣地生活。

只是那些人眼裡流露出來的情緒卻無時無刻不在提醒著他——自己是個異類，是個與其他人都不一樣的生物。

那些教導他成長，教會他學習的人們，沒有一個用真正帶著情感的目光看向他。

他心裡明白，自己和那些人不是同類，從來都不是。

直到有一天，幾個不一樣的人來到他面前，對他伸出了手。

「來做我們家的孩子吧。」

那幾雙望著他的眼睛，第一次真真切切地在看著他，將他映在眼中。

不是實驗品，不是危險物，而是孩子？

那是什麼？

他不由得向前探出身子，握住那向自己伸來的手。那雙手帶著人類的體溫，是溫暖的。

「從今天起我就是你的哥哥了，我叫——」

「我哥哥的名字，叫做韓瑟。」

王晨說出這句話的下一秒，整個屋內都寂靜下來，靜得可怕，連血液的脈動都能聽得清清楚楚。

別說是幾位魔物，連周子慕和劉濤都用不可思議的眼神看向王晨。

韓瑟是誰？這個躺在地上的男人，一直都是魔物們的死敵，也是他們的對頭。雙方曾經打過不止一次照面，明裡或暗中有著無數糾紛。

而王晨，則是這一屆魔王候選人，是以人類為食的魔物中的佼佼者，甚至有可能會成為下一任魔王。

這兩個本不應該有任何關係的魔與人，竟然會是兄弟！

還一直隱瞞至今。

不知道其他魔物會如何想，只是他們此刻都不約而同地把目光轉向威廉。

這位魔物管家，這個一直盡心輔佐王晨的魔物，此時又是什麼心情？

那雙暗沉的黑眸，一如既往地緊緊凝視著王晨。

威廉面無表情，卻無法掩藏他眼中的怒意。

「殿下。」他頓了頓，改口道：「王晨。」

這是自數月前見面以來，威廉第一次直呼王晨的名字。他看著這個年輕的候選人，眸中閃現出詭異的金色。

「您欺騙了我。」

「彼此彼此。」王晨毫不客氣地回應。

威廉側頭，露出無辜般的疑惑神色。

「不，我從來沒有欺瞞過你。」他一會用敬語一會不用，而且語調沙啞，斷斷續續，就像是壞掉的收音機。

現場所有的魔物都注意到威廉的不對勁。他神情古怪，眼中金芒時隱時現，甚至連身形也開始變得模糊不清，似乎下一秒就要消失，又似乎有其他什麼即將破蛹而出。

「您騙了我。」威廉又重複一遍，聲音低沉。

「你與這些人類，早有聯繫。你偽裝成與他合作，其實一直在互通消息，是不是？王晨，不，應該說被人類收養的魔物啊，我怎麼沒有早點想到呢？人類一向喜歡玩弄陰謀，讓一個候選人成為他們的眼線，真是出色的主意。」

威廉低聲笑了，笑聲卻讓人毛骨悚然。

「怪不得您不願吞噬人類的靈魂，怪不得你總是放過那些人類。是嗎，是嗎？原來你早已經不是魔物，而變成一個『人類』了。」

「我不認為自己是真正的人類，也沒有被他們收買。」王晨看著威廉，「但我的確知道，遲早會有真正的同類來接我，也一直在等那一天到來。作為一個魔物，卻被人類撫養長大，我一直在想自己該做出什麼樣的選擇。直到你出現在我面前，我才知道時機到了。」

「那現在您要做出選擇了嗎，殿下？」威廉一如既往地使用這個稱呼，不過眼中卻沒有了尊敬，而是肆虐般的狂風驟雨。

「那你呢，你要做什麼樣的選擇？」王晨回視威廉，「你又希望我做什麼樣的選擇——魔王陛下？」

威廉，魔王？

今天的驚喜真是一個比一個大！

劉濤看著王晨，又看了看威廉，嘴巴張得都可以吞下一個拳頭。而姬玄驚訝過後，卻是戒備地看著威廉，做出防禦的姿態。

威廉沒有立即回答，但是圍繞在他周身的黑霧卻越來越濃烈，那雙不斷在黑色與金色間變幻的暗眸，也逐漸定格在金色。

他頭上惡魔的犄角變得更加尖銳而凌厲，冷峻的臉龐變得更加深刻，那總是毫無表情的容顏，此刻卻似笑似怒。

唰的一聲，一陣強風吹過眾魔面前，狂烈的旋風吹得人睜不開眼。只聽見呼呼的風聲，過了許久才消減下去。

「我……操！」劉濤目瞪口呆，看著威廉的身後，結結巴巴。「我、我現在相信他一定是魔王了！」

那是一對潔白如雪的巨大骨翼。千根白骨交疊林立，組成一雙翅膀。那閃著寒光的白骨，那一根根尖利的骨羽，形成一幅美麗又讓人心生懼意的畫面。

骨翼慵懶地伸展了兩下，又抖了一抖，似乎是在習慣因長久未使用而產生的生疏感。

「啊……」

長長的一聲嘆息，似乎是終於脫去了那一層外殼，解開了束縛的枷鎖。

威廉再次睜開眼，這一次，沒有人敢直視他的雙眸。

那是淩厲鋒銳，屬於魔王的目光。

「我，威廉姆斯，第十八任魔王。」他望著窗外盤據天空的深淵，低沉道：「本應該在此見證人類的末日，同時見證新一任魔王的誕生，然而，事情似乎出現了許多意外。」

目光轉向王晨，這個與威廉同一副外表，感覺卻完全不一樣的魔王低低地開口。

「你，由人類撫養的魔物，我封閉自我意識時產生的副人格所輔佐的王位候選人，你可知道自己作出的選擇？」

「我知道。」王晨靜靜道。

「封閉自我？什麼玩意兒？」一旁，劉濤大著膽子問姬玄。

「一種法術，可以暫時封印自己的主人格，以另一人格現世，在此期間會不記得主人格時的記憶，只存在封印前就設定好的記憶。」

姬玄若有所思，「之前威廉的表現一直有些奇怪，原來是魔王封印自我後產生的人格。」

「那現在威廉去哪了？」

「不存在了。」姬玄道：「現在，只有魔王。」

說完，他對著威廉姆斯半跪下身，恭敬道：「候選人姬玄，參見陛下。」

他一開頭，餘魔戰戰兢兢地接連跪下，唯獨王晨還是站在那裡，沒有動彈。

魔王的目光一直投向王晨，沒有責備，沒有質問，只是繼續問：「那麼我問你，究竟是毀滅人類，還是豢養他們，你的選擇是什麼？」

「我的選擇是——」王晨走到韓瑟身邊，扶起他傷痕累累的身體，輕輕地抹去他嘴角的一絲血跡。

「讓人類自由地活下去。無論他們是生存還是滅亡，魔物沒有資格干涉。」

魔王的目光沉了沉，「很遺憾。」

「很遺憾，與你的意願相悖是嗎?不過這就是我的決定。」

「遺憾的是，你的答案讓你失去了繼承王位的資格。」魔王淡淡道：「你已經被人類蠱惑心神，沒有資格統領眾魔。」

天空中的饕餮還在靜靜地盤旋著。

魔王說出否定話語的那一瞬，王晨眼眸眨動了一下，隨即，笑了。

「有沒有資格，可不是你能決定的。你還記得你之前說過的話嗎？」他指了指天空，「誰能繼位，只有上天才知道。而老天爺也覺得，現在是你退位的時候了。」

「狂妄！」

冷冷的斥責，並不是魔王所說，而是來自於另一個突然出現的魔物。

魔物的面目不怒自威，同樣有一雙巨大的骨翼，卻比魔王的小了一些，而他一出場，姬玄便不由地喊出了來者的名字。

「莫爾西斯！」

魔王的摯友，一連串圈套的謀劃者，早早就窺視著王晨的人。

莫爾西斯出現在魔王身後，所有人並不意外，然而看著他手中托舉著的幾枚人類靈魂，有人控制不住地牽動了情緒。

一個是姬玄，另一個則是周子慕。

他們不約而同地知道，那些被囚禁的靈魂中有他們在意的人。

「即使由命運來決定魔王的繼承人，也絕對不會是你。」莫爾西斯看向王晨，話語中帶著幾分嘲弄。「你不過是個非人非魔，連獨立個體都算不上的排泄物，哪有資格繼位？」

此話惡毒，卻是事實。

魔物沒有情感，但是在接觸人類的過程中，他們會吸收部分的人類情感。尤其是活得格外長久的魔王，體內堆積的感情比一般魔物更多。

就像是人在生活中吸收了有害物質一樣，感情長期積存在體內，會損害身體的健康。為了不讓多餘的情感影響到判斷，魔王使用了特殊的法術，將這些情感從自己身上剝離。

「二十多年前，陛下為了剔除多餘的感情，將你從他體內分離。你只是一個由多餘情感凝聚而成的廢棄品，沒想到卻被人類撿去，養成了這麼一個半人半魔的傢伙。不過區區廢品，哪有資格繼承王位？」

莫爾西斯格外狠毒的話語，卻沒有收到預想的成果。

「原來是這樣。」年輕的候選人竟然笑了，笑得很開心。「原來我也和人類一樣，是有感情的。」

王晨從小就不停地告誡自己：你被領養來是有目的的，這些人一樣是要利用你。

然而無論多少次在心底這樣提醒自己，他還是無法拒絕那家人真誠熱切的笑臉。

十幾年的共同生活，讓他和這些家人漸漸培養出了不一樣的感情。只是，在這份感情之外，卻是更殘酷的現實。

他不能與他們同姓，甚至不能與他們同住，二十歲後，他獨自搬了出去。這意味著，最終的考驗到來，即將有魔物來與他接觸，他被養大的使命這時候才開始。

那一晚，他看著父親欲言又止的表情，看著母親默默抽泣的背影，卻什麼都說不出來。甚至，連偽裝出難過，都無法做到。

十餘年的朝夕相處，這家人教會了他什麼是人類的愛，教會了他如何接受別人的愛，卻始終沒有教會他，如何去愛。

王晨心底以為，這是他生來欠缺的能力，因為他是魔物，天生不會愛。

直到今日，看見韓瑟倒在塵埃中的身影，即便他心裡想要哭泣，眼角卻流不出一滴眼淚。

不是他不哭，而是他不會哭；不是他不傷心，而是他不懂得傷心。

因為他是魔物，魔物沒有情感。

然而，這種藏在心底深處，愁悶而無法發洩的情緒是什麼？為什麼如此苦澀，又難以化解？

這一刻，莫爾西斯的一句話卻點醒了他。

原來即使是魔物，也是能有感情的，原來即使是魔物，他也是特別的那個，他是可以悲傷可以哭泣的。

低下頭，王晨緊緊握住韓瑟冰冷的手。

那曾經溫暖的大手，此刻再也溫暖不了他，不過這一次，可以由他來溫暖這雙冰冷的手。

就像是——

劉倩的嫉妒，劉濤的懶惰，周子慕的自私，張家人的貪婪；甄芝的寬容，劉濤母親的包容，李明儀的奉獻，張素芬的悔悟。

他在此刻，終於明白為何自己永遠忘不掉那個小小的家，忘不掉韓瑟手掌的溫度；終於明白為何魔物們千百年來如此貪求人類的靈魂，卻永遠無法滿足。

魔物貪求人類，因為他們從不曾擁有情感。

魔物鄙夷人類，因為他們嫉妒人類擁有情感。

如飛蛾撲火，不知不覺地陷入絕望境地中，這就是魔物們可悲的傲慢。

王晨在此刻抬起頭，看著魔王以及他身旁的莫爾西斯。

「還記得我曾經對你說的話嗎，威廉？」

「請您務必要登上王座，不要給我背叛您的理由，殿下。」

「放心吧，我不會給你背叛的機會的。」

Chapter 11

傲慢（十一）

佛家言，傲慢分為七等。

慢，過慢，慢過慢，我慢，增上慢，卑慢，邪慢。

《聖經》說，傲慢是對他人的驕傲，對自己本身的忽視，是最本源的罪。

然而王晨卻覺得，其實傲慢可以分為兩種。

其一，對於自己所擁有，他人所沒有的，而產生的自傲自滿。

其二，對於自己未曾擁有的，因為豔羨而鄙夷擁有的人。

後者，也可以說是一種由過度自卑產生的傲慢，是一種卑微的扭曲。

曾經王晨以為魔物的傲慢源於此，是為卑慢和邪慢。

但是現在他發現，自己好像錯了。如果要為這世上再增添一種傲慢的話，那或許，可以命名為魔慢。

明明無法擁有，明明無比渴求，卻要故意鄙夷，故意踐踏，以此來掩飾自己心底的渴望與卑怯。

——最大的驕傲與最大的自卑，都表示心靈的軟弱無力。

如果說傲慢是一種罪，那麼世上便沒有誰不是罪人。

考生因為自己的成績優於他人而自得；女孩對於其他同性的穿著打扮下意識地評價與抨擊。

當取得了一點點成功時，忍不住地炫耀與沾沾自喜；當別人成功時，祝賀之下的豔羨與嫉妒。

貧窮者認為自己比他人更有骨氣，富貴者認為自己比別人擁有更多，智慧者認為自己高人一等。

其實仔細算來，都可以算作是傲慢。

如果傲慢是一種罪，那麼連神都無法為人們定罪。因為定罪本身，就是傲慢。

所以有人說，這世上只有傻瓜才不會傲慢。

錯了。

傻瓜說：我看得比你們都透澈。

這就是傲慢，一種無法逃脫的罪。

莫爾西斯心底隱隱不悅。

他派貝希摩斯將王晨引來，本來是準備將這群人一網打盡，然而現在，他卻覺得王晨給他帶來了意料之外的危機感。

王晨，這個由人類撫養長大的異類，這個明明只是廢品的傢伙，竟能讓他感受到威脅？

明明這幾個月來，從威廉第一次接觸王晨，到之後他們所遭遇的每一次事件，都無一不被他掌握在手。明明清楚這只是個稍微特別的魔物，為什麼總覺得自己忽略了什麼？

莫爾西斯向來是沒有把握絕不出手，而現在，他覺察出王晨將帶來的危機，決定提前出手。

他舉起手中的幾枚人類靈魂，在場所有魔的目光都被吸引了過去。

那是幾枚特別的人類靈魂，是莫爾西斯費盡心思找到的。嫉、惰、惘、貪、恨、悔，這是人類最基本的幾種情感。

對於魔物來說，這些情感既是美食，也是毒藥，此刻，他卻把它們捧到魔王面前，恭敬地遞上去。

「這是什麼？」屬於威廉的聲音，卻以絕對不屬於威廉的語氣，冷漠地問道。

「這就是人類擁有，而我們沒有的東西，陛下。」莫爾西斯道：「曾經我以為，對付人類，不懂得情感最好，但是最近發現這個想法似乎並不正確。」

他瞥了眼王晨。

「陛下，您曾經在王晨身邊數月，觀察他的一舉一動，難道您沒有發現，這個卑微魔物的與眾不同之處，並不是他時間逆流的能力，而是他能夠理解人類的情感？

「正因為理解，所以能夠接近；正因為融入，所以更方便操縱。以王晨為例，我認為只有魔物掌握了人類的情感，將之玩弄於鼓掌間後，才能夠真正地俯視人類，不被他們迷惑。」

他舉起手中脆弱的人類靈魂，道：「這些瀰漫著負面情感的靈魂，我們曾只將它們當作美食，事實上卻不止如此。在吞噬它們，並將其與自身真正融合後，您會變得更強大，成為永恆的王。」

莫爾西斯深深地低下頭，「這個世界不需要新的魔王，只有您是我們永遠的王者，陛下。」

魔王看著跪在自己面前的莫爾西斯，聲音中是聽不出的情緒。

「你要我成為永恆的王？」

「是的，陛下，世上沒有誰比您更適合。」莫爾西斯用崇拜的目光，看向眼前強大無比的魔王，「強大是世界唯一的真理，沒有誰會不服從於您。」

「這話你可就說錯了。」突然有一道聲音插進來。「這世上的真理有多少我不知道，但是絕對沒有哪一個是唯一的。」

莫爾西斯惱怒地看向插嘴的魔物，王晨。

「若是讓威廉繼續坐守王位，第一個不贊同的就是我。」

毫不畏懼莫爾西斯憤怒的視線，王晨看向魔王。

「更何況身為魔王，總是要有幾分誠信吧？你曾經親口說過要奉我為王，轉眼間自己卻想一直賴在那位置上不走，這是不是有點不太仗義？」

「說那些話的並不是陛下，只是他的副人格而已。」莫爾西斯反駁道：「這不成理由。」

「是嗎？副人格就不是他了？」王晨看向一直沒有出聲的魔王，看著那熟悉的容顏和陌生的表情。

還是一如既往輕蔑地看著別人，似乎誰都沒有進入他的眼中。那雙詭異的眼眸明明是看著你，卻又好像沒有。

那眸裡的光芒已經變得陌生，但王晨偏偏就要在其中尋找一絲熟悉。

魔王眼中清楚地映著他的身形，一個與人類別無二致，看起來再普通不過的身影。和長著雙骨翼，頭生雙角的魔王比起來，他確實再平凡不過了。

王晨開口，「威廉，你還記不記得之前我曾經問過你，為什麼只有我一直沒有魔物的特殊形態？沒有翅膀，沒有尾巴，也沒有角。」

「……」

魔王看著他，沒有出聲。

「說實話，那時候我心裡有點不舒服。只有我什麼都沒有，和你們不一樣，就好像我既不屬於人類，也不屬於魔物，在這世上沒有我的容身之地。」

「本來就沒有你的容身之地！」

他理都不理插嘴的莫爾西斯，繼續道：「不過我現在想明白了，其實我一直介意的特殊形態，很久以前就表露出來了，無時無刻不在。而就因為這樣，我才忽視了它。」

年輕的候選人低頭，看著自己的雙手。那是一雙屬於人類的手，沒有尖銳的爪子，沒有奇怪的裝飾，平平常常。

「原來我的特殊形態，就是人類。」

王晨道：「我有與人類一樣的外貌，在相同的環境下成長；我能理解他們的情感，也同樣有人真正地關心我。而現在，終於能開始去學會愛其他人。特殊其實一開始就存在——即非人，又非魔，但同樣即是人類也是魔物。」

王晨看著沉默的魔王陛下。「這個王位我一定非拿下不可。不管是為了讓我自己活下去，還是為了貫徹自己的選擇。」

寂靜許久的魔王終於出聲，「所以你要阻止魔物毀滅人類，拯救他們？」

王晨說：「不只是拯救人類，也是拯救魔物。我們是魔，又不是神，人類自有他們的生活，生死與否，都是人類自己的命運，魔物無需干涉。」

「不，必須干涉。」魔王否定道，「混亂無束的人類只會製造更多的麻煩。」

他看了眼因怨入魔的周子慕，因惰入魔的劉濤。

「放任他們不管，會導致更多的阻礙，甚至還會影響到我們自身。」

最後視線投向姬玄，魔王道：「魔物若是被感情所左右，只會變得越來越弱小愚蠢。」

王晨看著他，「所以你不認可我，也不願意將王位傳給我。」

魔王沒有說話，卻是默認了。

這一點倒是與威廉一模一樣，每次只要與王晨意見相左，魔物管家都會使用沉默抗議大法。

看著這熟悉的一幕，王晨心裡既好氣又好笑。

即使變成魔王了，威廉彆扭的地方還是一樣沒有變。

不過，他也不是這麼好說話的。

「劉濤。」

「啊？啊！在，在！」不知道自己為何被點名的劉濤倉促回應。

「你說，如果你想要一樣東西，但是對方偏偏反悔不肯交給你，該怎麼辦？」

「怎麼辦？搶啊！誰的拳頭大誰說了算！」劉濤直白道。

這種時候，也只有他這個缺根筋的會如此回答王晨。換做是人和其他魔，哪怕是周子慕，也不會這麼說。

因為他們知道，王晨想要搶的是什麼，搶奪的對象又是誰。王位，魔王。哪是說搶就能搶到的呢？

不過也正因為困難，才更有搶奪的價值。

血脈裡屬於魔物的天性在沸騰，王晨看著前方的魔王，輕聲道：「敢不敢與我比一比？」

王晨自信，或者說是傲慢的笑臉，刺痛了魔王陛下的眼，也引起他心底的怒火。

那是從發現王晨身世後就一直被刻意壓抑的怒意，還有對於逃脫自己掌控的年幼魔物的不滿。

他說：「你太弱。」

夠簡單，一針見血。

單論實力，王晨連莫爾西斯都打不過，又哪是陛下的對手？

「那就來賭一把。」王晨毫不在意，指著莫爾西斯手中的人類靈魂道：「你不是要吞噬這些人類的靈魂嗎？我賭你無法吞噬它們，賭注是王位。如果你輸了就要把王座交給我；如果我輸了……」

「如果你輸了，我要將你吞噬。」魔王的眼中閃現著隱隱怒意。

「好啊。」王晨無所謂地道：「你想吃便吃吧，只要你有這個本事。」

莫爾西斯皺眉，「陛下……」

魔王揮手阻止了他接下來的話語，指著天空中那蟄伏的巨大深淵──饕餮，道：「沒有人能逃過它的眼，即使是我。」

莫爾西斯眼中帶著些驚懼，看了眼那無聲咆哮的巨獸，默然退下。

於是這一場事關王位的賭局，便這麼開始了。

「等等，我要加一個條件。」莫爾西斯對王晨道：「你既然賭陛下無法吞噬這些人類的靈魂，那麼你又如何？如果你也拿它們沒辦法，就不能算你贏。」

「這傢伙話怎麼這麼多！」劉濤不滿道：「一會要求這個一會要求那個，有夠囉嗦。」

不遠處的莫爾西斯淡淡瞥了他一眼，劉濤瞬間閉嘴，不敢多說。

「我也要加條件。」姬玄突然道，「即使王晨無法吞噬那些靈魂，卻可以控制它們，也算他贏。」

莫爾西斯看著姬玄，「你看好他？」

「沒有。」姬玄面無表情道：「我只是按照大人您說的，做出自己的選擇。」

他看向莫爾西斯手裡握著的那些人類靈魂，其中就有張素芬。他的獵物被盜取了，僅憑這一點，他就不會與對方站在同一陣線。

莫爾西斯不以為然道：「無謂的執著。」

王晨回頭對姬玄道：「押注在我身上，你絕對不虧。」

「你想太多了，我只是看莫爾西斯那傢伙不爽而已。」姬玄扭頭。

「廢話少說。」魔王不耐地開口，「既然想要比試，你過來。」

他緊盯著王晨，身後的骨翼簌簌地抖動。

「就來試一試，誰才是正確的。」

莫爾西斯將人類靈魂放到他們中間，王晨和魔王一左一右，各自對靈魂伸出手。

在一切開始之前，魔王突然說了一句。

「我最討厭你的，便是這種無知的傲慢。」

「彼此彼此。」

下一瞬間，兩個魔物的身影同時消失在眾魔視線中。與此同時，莫爾西斯轉頭望向劉濤與周子慕。

「你們也相信他一定會贏？」

「廢話，我們老大才不會輸給你們這些混蛋呢！」劉濤叫囂著揮了揮拳頭。

周子慕聳了聳肩。「至少，相信他比相信你更好。」

「很好。」莫爾西斯微笑，「既然這樣，就和他一起參加這場賭局吧。」

他大手一揮，兩人便覺得眼前一片黑暗，瞬間失去了意識。

賭注裡，又多了兩枚人類靈魂。

此刻，嫉、惰、惘、貪、恨、悔的六類情感，才真正集齊。

Chapter 12

傲慢（十二）

嘻嘻鬧鬧的人流，喧雜的人聲。

醒來的時候，耳邊一片細碎的嗡嗡聲，周圍人影幢幢，卻又模糊不清。

他茫然地站在人群中，看著周圍來往如梭的人影，突然不知道自己是誰，為何在此地，又是何時在此地。

「喂，你究竟買不買？」

身旁突然有人推了自己一把，手裡拿著一個物品，催促道：「剛才說好的價錢怎麼樣？不能再便宜了，我已經給你最高的折扣了！」

他側頭看了一下，想，難道自己剛剛是在這裡買東西，只是不知道為什麼突然失了神？

推銷的小販還在說個不停。他的嘴一張一合，好像每吐出一個字，就有一個有形的字元從他嘴裡蹦出來，然後飄到空中，和其他人說出來的話語一同，彙聚成一團烏黑的、深沉的巨大雲霧。

當然，這一切只是幻想，抬頭看一看天，什麼都沒有。

「我不買。」他突然失了興致，轉身就走。

「哎，等等，怎麼能說不買就不買了呢？剛才不是談好價錢了嗎！」小販急了，拚命將手裡的東西推到他面前。「你看看啊，你看看，都是上等的好貨色！」

那紅豔豔的一團東西，就這樣被推到了眼前。

——是一團血肉！

一顆還帶著脈動，經脈血絲清晰可見的心臟，怦怦、怦怦，以一種緩慢而又詭異的頻率，緩緩地跳動著。

每脈動一下，就有更多暗紅的鮮血從心室裡流出來，沾滿小販的手。

他嚇了一跳，連忙後退，再仔細看時，發現小販手上拿著的是一個精緻美麗的首飾盒，剛才鮮血淋漓的場面彷彿只是幻影。

小販像是渾然沒注意到，繼續推銷道：「上好的首飾盒，買不買？可以再算你便宜你一點。」

在這幅日常的畫面中，那顆跳動的血淋淋心臟陰森而恐怖，一直無法從腦海中抹去。

這究竟是一個精緻的首飾盒，還是一顆心臟？

他有些分不清楚。

小販還在拚命推銷，隱藏在日常的異常，周圍卻渾然沒有注意到。

攤位上賣的事物琳琅滿目，其中還有陳舊的掛鐘、有裂縫的青花瓷，每一件都有了歲月的痕跡。

小販注意到他的視線，笑著說：「這些都是好東西，要不是有些瑕疵，我也不會便宜賣給你。」

「瑕疵？」他問。

「是啊，比如我手中的首飾盒，它就不是一個普通的盒子。」小販說：「它可以帶給人美麗，只要你許願，它就會幫你實現。然而，世界上可沒有白拿的好處，得到了總要付出。」

他露出狡猾的表情，道：「幸好，有的人為了得到美麗與虛名，根本不在乎這些。」

在小販說話時，他注意到站在攤位後的一個傴僂女人，她衣著破舊，卻還貪婪地望著首飾盒，似乎垂涎它的美麗，又嫉妒它的美麗。

「兄弟，要不要？」

回過神來，面前的小販還在推薦。

他剛想拒絕，突然下意識地問了一句。

「她想要首飾盒？」他指了指那個古怪的女人。

「好眼力！」小販豎起大拇指，咧嘴笑了笑。他這才注意到，對方嘴裡滿是尖銳的牙齒，像是野獸一般。

「她當然想要首飾盒，甚至還想過來偷！」小販嘿嘿笑了兩聲。「不過這也沒辦法，畢竟這個首飾盒唯獨對她有特別的功效。只要她擁有了它，便可以換取另一個人的美貌與性命，所以這女人想要得不得了！」

「我要了。」鬼使神差地，他將首飾盒買了下來，在小販諂媚的目光中收好它，來到那個女人面前。

「想要嗎？」

女人布滿血絲的雙眼緊盯著他，滿是憤恨陰毒。

「我可以給妳。」他說：「但是有一個要求。在妳流下真心的淚水前，妳不能用它實現任何一個願望，否則，妳就永遠得不到妳想要的。」

惡魔的契約就此定下。

女人根本聽不進他的話，欣喜若狂地收下了首飾盒，貪婪地注視這個神奇的寶貝。她可以用此換取任何人的好運與美麗，她可以用此奪走任何人的幸福。

多麼美好、快樂的期待啊！而這一切，只要等自己流滴淚就可以了。

她鄙夷那個與自己定下契約的笨蛋。

真是愚蠢，一定很快的，很快她就能使用它了。

欣喜若狂的女人卻沒有注意到，手中的首飾盒，不知不覺中變成跳動的心臟，一下一下，往外流著泛紅的血水，而她那乾枯的眼眶，卻流不出任何淚。

她雖然有雙眼，卻看不清真實，看不出這顆被她垂涎的首飾盒，其實是她自己的心臟。她越是嫉妒，越是渴望，血紅的心裡流出越多的欲望，就更加難以流出淚水。

因為她的淚，早就化作嫉妒之心的血水，流乾了。

只要這份嫉妒的惡意尚在，恐怕她永生永世，都流不出淚。

這是魔鬼定下的契約。

離開了賣心的小販和女人，他繼續在喧鬧的市場閒逛。

這裡出售各種異想天開的物品，琳琅滿目，想得到的、想不到的都有。時不時會有攤主將他攔下，擺弄著手中的稀奇貨，問他想不想要。

他一連路過了好幾個攤位，卻在一個籠子前停了下來。

那是個不足一人高的籠子，有人正蹲坐在裡面，似乎被囚禁了。然而奇怪的是，籠子的大門明明是打開的，裡面的人卻始終不邁出一步。

「他這樣好久了。」旁邊的攤主介紹道：「這個籠子，別人能進能出，只有他永遠都出不來。別看現在籠門大敞，可是籠子還是鎖著的，沒有鑰匙，他一輩子都不能出來。」

看著裡面那沉默的背影，他問：「鑰匙在哪？」

「誰知道？」攤主聳聳肩，「或許早丟了，或許本來就沒有鑰匙。如果你能讓這人從裡面出來，我就將他送給你，怎麼樣？」

「如果我能打開，將他給我。」

不知何時，另一道身影出現在攤主和他身旁。

對方的容貌藏在陰影中，看不清楚，只聽見他低沉的聲音。暫且，就叫他陰影人吧。

他抬頭，看著這個新出現的競爭對手，對方也正好望過來，眼神淡漠。

他突然笑了，「好啊，那就比比看。你先請。」

陰影人向籠子走去，對籠子裡的人道：「你可以出來，是你自己鎖住自己。」

那身影微微顫動了一下。

陰影人揮了下手，一幅光影出現在半空中。

那是一名少年，面容清秀，臉帶笑意。

幻化出來的少年，對著籠子裡的人影輕聲道：「哥哥，你出來吧，我原諒你了，原諒你了。」

籠中人慢慢抬起頭來，看著少年，目光渾濁。

「你原諒我？」

少年笑得溫柔，如同以往。他身上穿著乾淨的袍子，臉上帶著純粹的信任，一切都彷彿，還是最開始的模樣，那麼美好，讓人嚮往，讓人……

籠中人緩緩伸出手，似乎想要觸摸少年的臉龐，然而枯瘦的手指剛剛觸碰到幻影，就像是被灼燒了一樣。

籠中人發出淒厲的嘶吼聲，更縮進角落，緊緊地抱著自己的雙臂。

「不！不要看我，滾開！」

他憤怒地揮著雙手，縮得更裡面了。

陰影人皺了皺眉，似乎無法理解眼前這一幕。

旁邊突然傳來一聲輕笑，他惱怒地瞪過去，正是那個原先與攤主說話的青年，也是看他好戲的競爭對手。一旁的攤主也在呵呵笑著。

陰影人突然怒了，對著青年道：「為什麼笑？」

「笑你傻啊！」他擦去笑出來的眼淚。「你不僅傻，還狂妄自大。你以為他是因為愧疚，才不願意自己走出牢籠？」

陰影人哼了一聲，「難道不是這樣嗎？」

「那是因為你還不知道，究竟是什麼困住了他們。」說完，他不是走向牢籠，而是走向攤主。

「有趣嗎？」

「有趣，有趣，我每天在這裡看著人來來往往，做著同樣徒勞無功的事，實在是有趣。」攤主道。

「你不想離開？」

「想過。」攤主說，「可是我坐得太久了，早就動不了了。何況離開了這裡，哪裡不是一樣的，有什麼意思呢？」

青年低頭向下看去，注意到攤主的腳下生出了妖異的藤蔓，將他困在原地，像是他的腳生在了地面一樣。

最初，是不願動，後來是不想動，而等到最後，則是不能動。

因為停於原地太久，等到真正想離開的時候，也無法抽身了。惡劣的惰性效應，會讓擁有一雙健全雙腿的人，也變作殘疾。

「你能讓我離開這裡嗎？」攤主問他。

他沒有直接回答，而是道：「不走出那一步，你怎麼知道，自己是被困住了呢？」

「但是我不能動了呀。」攤主疑惑。

「你不能動，就像人被自己的感情困住，是因為他們沒有看清本質。比如你，認為無法起身，無法離開，但那是因為你從沒有試著踏出第一步。」他道：「或許困住你的，只是你自己。」

每次遇到困難，總是一味地放棄，大喊著：

我做不到，我不行。

這不是我的錯吧，大家都一樣。

既然總會失敗，既然這麼痛苦，不如放棄吧。

瞧，放棄後輕鬆多了，偷懶一點，也不會有壞處。

那就不做了。

消極的念頭在腦海中反覆千遍，將人牢牢束縛在原地。哪怕本可以展翅高飛，最後也只會腐爛成一堆枯骨。

青年湊近道：「你偷懶、怠惰，從沒有真正努力過一把。你希望讓對你抱有希望的人，再次失望嗎？你看那裡——」

哪裡？

攤主屏住呼吸，迷惘中彷彿看見一個中年女人獨自前行的背影。她身材纖弱，步伐艱難，卻背負著比自己高大健壯的兒子，一步步走在泥濘的道路上，每一步都留下磨出來的鮮血。而那個有手有腳、身體健康的年輕人，卻心安理得地享受著母親的付出。

他可以看到，年輕人就像隻寄生蟲，貪婪地奪走母親的心血與生命。毫無止境的懶惰，是對愛自己的人的最大懲罰。

「不！」

攤主痛苦地尖叫，伸手揮舞，想要阻止那個場景。隨即他詫異地發現，自己竟然能夠行動了，束縛的藤蔓全都消失不見。

「我說過，困住你的只是你自己。」對面的人笑了笑，「去做你想做的吧，別再回來了。」

攤主點點頭走了，他的腳步，前所未有地輕快。

他離開後，青年彎下腰，在攤主曾經坐的地方，撿起了一把玩具手槍。

籠中人的目光看了過來。

「那是我的玩具。」身後突然有人出聲。

青年回頭看去，一個人站在他身後，笑盈盈地道：「是我不小心留在這裡的。」

「這是對你很重要的東西嗎？」青年問。

那人道：「它承載著我的一段回憶。」

青年微微笑了，「重要的人？」

「對，但是……」那人低頭道：「大概，他是恨我的吧。」

籠中人突然開口：「難道不是你恨我嗎？」

那人彷彿這才注意到籠子，看向他，吃驚道：「啊，你竟然在這裡。」

籠中人繼續問道：「不該是你恨我嗎？我誤解你，怨恨你，甚至讓你犧牲自己的性命。」

「那你也應該很恨我吧。」那人笑笑道，「恨我隨意作出決定，恨我獲得了比你更多的愛。」

「我確實恨。」籠中人道，「但是我應該繼續恨下去嗎？」他有些迷惘。

那人笑了，接過玩具槍。

「這裡面，其實只承載了我自己的幻想。」他道：「我幻想你是一個好哥哥，強迫你接受我的好意，強迫你替我活下去。說到底，這只是自我滿足，是逃避，也是一種自私。我想要這麼做時，並沒有問過你的意見，所以無論你想繼續恨我或是別的，都隨意。」

「我可以嗎？」籠中人問。

「你可以。就算再給我一次機會，我依舊會自私地那麼做。」那人低下頭，握住籠中人的手。

「抱歉，也許我的方法，給你帶來壓力了，哥哥。」

籠中人目光閃爍地看著他，眼中有什麼情緒漸漸釋懷。許久，那兩道人影和玩具手槍，一同消失在這個空間。

攤位上只留下三個字。

惰、恨、愛。

看到這一切，青年笑了笑，用手沾了沾字跡，對身後還藏在陰影中的魔道：

「這局是我贏了。」

「我不懂，為什麼他不是希望得到原諒？」

「答案很簡單，因為愛，也因為恨。」

籠中人不想被救贖，不想被寬恕，他只想讓自己受盡折磨，去償還欠了對方的情。因為那樣他就無拘無束，不再背負任何包袱。

是以，寧願永世受沉淪，不從諸聖求解脫。

無論是籠中人還是對方，他們所做的不是為了得到什麼，而是為了滿足自己。

這當然是因為愛，但同樣也會悔，也會恨。

所以，恨也不解，愛也不解。愛恨，方解。

周圍的喧譁吵鬧，又重新湧上耳邊。

青年和陰影人共同注視著外面，半晌，陰影人道：「還沒有結束。」

「是嗎？那就繼續吧。」

兩道人影又向吵鬧冗雜的市場走去，一瞬間，便湮沒在人群中。

Chapter 13

傲慢（終）

青年與他的競爭對手，在喧譁的市場逛了一圈。

一路上，或有較量，各有勝負，然而總地計算下來，竟然是一直默默走在最後的青年贏得更多。

在這個似乎匯聚了無數妖魔鬼怪的鬧市裡，只有他擁有一副完全屬於人類的外貌，總是安安靜靜地站在角落，注視著市場上發生的一切。

而他的競爭對手，那個頭生雙角的惡魔，眉頭已然鎖緊。

他們倆身上都縈繞著一團黑氣，這不知何處而來的煙霧越來越濃，都快將他們的身形完全遮掩住。惡魔煩躁地揮手驅散這團黑霧，但是毫無作用。黑色霧氣被揮散後，又緊緊地攀附上來，貼在他身上不斷變換著形狀，像是在嘲笑他的徒勞無功。

一旁，擺攤的攤主們看見這一幕，齊齊地嘿嘿怪笑起來。

他惱怒地瞪了過去，那些人影卻全部縮回頭，繼續賣著商品，像是根本沒有注意到他們。

但是在暗地裡，那些目光如影隨形地攀附在他們身上，滿懷惡意地窺探著。惡魔厭惡地看了周圍一眼，悻悻地放棄了驅散黑氣的打算。

看見他這副煩躁的模樣，青年輕笑出聲。

「它們要看便讓它們看，要跟便讓它們跟好了。」

這一圈逛下來，他們都大概瞭解了這個雜貨市場的詭異之處。不僅是那些稀奇的貨物，也不止是那些如影隨形的目光，而是這整個市場，都像是一座匯聚著無數惡意的大熔爐。

這是個專門為他們準備的舞臺——等待著誰將最後勝出。現在一路下來，勝負的天平似乎已經漸漸有了傾斜。

因嫉妒而泯滅良心的女人、被懶惰束縛著身軀的青年、在恨與愛之間迷惘的靈魂、因為寂寞而貪婪的老人，這些帶著強烈情感的靈魂，全部都選擇了那個青年，被他緊緊握在手中。

有時候他們寧願選擇痛苦，也不願意選擇惡魔編織出來的美好謊言。

惡魔正一步步落入下風，皺眉，抬頭看向對方——那個總是讓他輕易生起怒火的年輕人。

人類的外貌、人類的思維、人類的情感，這個全身充斥著人類氣味的青年，莫名地讓他厭惡。似乎一看到他，心底就生出一股無端的情感，暴躁衝動，不受控制。

所有不受控制的事物，惡魔都不喜歡。所以這個總是引起自己情緒波動的傢伙，是不是應該早點清理掉？

「你想幹什麼？」

耳邊傳來一聲逼問，惡魔回神，這才發現身體竟然已經先於意識行動。鋒銳的指尖緊緊鎖住青年的喉嚨，彷彿下一秒就可以撕裂他。

「氣急敗壞，想要先除掉我嗎？」青年笑了。

被勒著脖子的明明是他，但是此刻兩人的處境卻彷彿顛倒過來一樣。

威脅者面色蒼白，被制伏者倒是一臉坦然。

「你還是和以前一樣彆扭，威廉。」

聽到名字的剎那，惡魔突然顫了一下。他勒著青年脖子的手指慢慢收緊，手指下便是一劃即破的肌膚，潛藏在肌膚下的血液正汩汩流動。

如此脆弱。

這般輕微的呼吸，似乎只要輕輕一用力，就可以掐斷。惡魔的呼吸重了起來，眼中的金色異芒更甚。

他周圍的黑氣變得更加濃郁，像是撩亂的鬼影一般搖曳舞動著。周圍喧鬧的氣息一下子遠離，寂靜而又沉詭，獨留下惡魔與青年。

然而那可以輕易掐斷脆弱脖頸的手，卻遲遲沒有用力。

他有些不明白，自己在做什麼？

「為什麼要猶豫？」青年一語點破，「如果在這裡殺死我，這場勝利就屬於你了。你不是一向以利益的最大化為處事原則嗎，為什麼不動手？還是說，你在——害怕什麼？」

惡魔面色一凜，緊緊地掐住他的脖子，聲音沙啞道：「魔物沒有畏懼。」

「不，你有。」青年緊緊地盯著那雙異眸，「你們都有。你們害怕人類，害怕人類的情感，與生俱來。」

惡魔挑眉，發出不屑的冷哼。

「別急著否定。如果不害怕的話，那就證明給我看。」青年蠱惑般地笑了，他的笑容在惡魔眼中格外刺眼。

他想反駁，卻不知從何開口。他從未想過自己會害怕人類，又如何反證？

「不能證明？那我就來證明你們的畏懼好了。」青年悠閒地道：「首先，我問你，為什麼面對那些靈魂時，你總想用虛假的快樂誘騙他們？」

「因為他們喜歡。」惡魔道：「人類總是沉浸在自我中，自欺欺人的快樂可以讓他們滿足。」

「是啊，你說的沒錯。」出乎意料地，青年竟然肯定了，然而他接著道：「不過你也錯得離譜。人類或許會為了緩解痛苦，陷入一時的自我欺瞞中，但他們不會永遠選擇逃避現實。」

那雙黑眸緊盯著惡魔，道：「虛偽的快樂過後，帶來的只有更大的痛苦與空虛，而悲慘的現實卻無時無刻不提醒著他們，無時無刻不鞭笞著他們。因為痛，才是人生。喜歡虛偽快樂的應該不是人類，而是魔物吧。」

「不敢接近快樂，是害怕接觸過後，再也無法脫離；嘲笑人類陷於痛苦，是想證明不沾染感情的自己有多明智。然而歸根結柢，你們就是害怕，害怕變得如同人類一樣脆弱，害怕自己比人類更容易沉溺。畢竟從來沒有嘗試過的事物，總有著更大的誘惑力。」

抬起手，青年輕輕觸碰惡魔冰冷的臉頰。然而感受到手指所帶來溫度，惡魔卻輕顫了一下，避開了。

「看，這就是害怕。」青年笑出聲，「多麼愚蠢的魔物啊，害怕被燙傷，所以甚至不敢接近溫暖。」

惡魔眼中閃過怒意，下意識地收緊手指。

他低吼道：「難道你就不害怕，難道你就與我們不同嗎？停下你傲慢的評論！」

手指越收越緊，尖銳的指甲劃破肌膚，流出絲絲刺目的紅色液體。溫熱的紅色沾上惡魔的手指，彷彿有著要將他燙傷的溫度。

這個傢伙，這個狂妄自大的傢伙，竟然連血液的溫度都與人類一模一樣。

惡魔惱怒地看著青年，看著他眼中沒有一絲畏懼，即使死亡即將降臨，這個可惡的傢伙眼中，也只有嘲笑和譏諷。

譏諷魔物的失敗，譏諷魔物的懦弱，然而，卻讓人無法反駁！

這才是最可恨的事情！

黑色霧氣如颶風般在他們周身旋轉著，從中不時變化出扭曲大笑的人臉，它們戲謔地看著這一幕，蠱惑著，煽動著。

殺吧，殺吧。

殺了這個讓你氣憤的傢伙。

殺了這個傲慢的傢伙。

無聲的催促不斷在耳邊響起，猶如來自地獄的低語。

惡魔看著手中面色蒼白，幾乎無法呼吸的傢伙，卻倏然撞進對方深色的眸中。那一瞬，有無數的記憶碎片浮現腦中。

「終於找到您了，殿下。」

「請您有一些候選人的自覺，不要再獨自涉險。」

「多添一件衣服，殿下。」

「如果可以，我真的希望能一直陪在您身邊。」

永遠地站在他身後，永遠地關注他，為他謀劃一切，為他準備好一切。

不知何時，那個懵懂無知的幼兒，已占據了他世界的全部。

看著他一點點變得強大，變得獨立，心中的不安卻漸漸擴大。

就這樣任由他成長，脫離自己的掌心，這本應該是期待的事情，為什麼總有一股不安？

是因為他與別的魔物不同嗎，還是因為心底隱隱預知——他最終，會選擇與「自己」截然不同的道路？

「請您務必要登上王座，不要給我背叛您的理由，殿下。」

「放下，我不會給你背叛的機會的。」

年幼魔物傲慢又自信的笑容彷彿還在眼前，此刻面前卻是一張隱忍著痛苦的蒼白面孔。

惡魔剎那間露出了痛苦的神色，漸漸鬆開手，但尖銳的指甲仍然沒有離開對方的脖子。

「殿……王晨。」

一瞬間幾乎都要喊錯稱呼，惡魔緊皺眉頭。

「為什麼，一定要站在人類那邊？如果你願意放棄他們，將這寶座分一半與你也不是不可能。」

畢竟王晨原是他的一部分，也有足夠的潛力，這空蕩蕩的王座獨自坐久了，也有些寂寞。

「咳咳，咳……哈……」

咳出喉中的淤血，王晨又笑了。「我沒有站在人類那邊，也沒有放棄他們的資格。」

「說謊，你一直袒護人類，比起魔物，你更喜歡他們！」

「或許吧。」王晨困惑地眨了眨眼，緩緩伸出手，觸摸自己脖頸處流下的血液。

溫熱、溫暖，就像是家人對他伸出的手，將他從冰冷的黑暗中拯救出來。然而現在，那個曾對他伸出手的人卻已經冰冷了。

王晨眸色黯淡了片刻，隨即，又亮起來。

至少現在，他不是一無所有，他已經有了自己的溫度。

他收回手，緩緩伸向近在咫尺的惡魔。

惡魔皺著眉，卻沒有阻止，直到那雙帶著血跡的手要撫上臉龐，他才有了後退的衝動。

「不要躲。」王晨道：「如果想證明你不害怕的話，就不要躲開。」

一句話，就讓好勝的惡魔乖乖地接受了他的觸摸。

和剛剛那次觸碰一樣炙熱的溫度，但是不一樣的是，這抹溫度現在似乎不那麼可怕。

「我也許真的偏愛人類。」王晨說：「因為人類是有溫度的。」

「溫度？」

「魔物總是冷冰冰的，沒有體溫，沒有情感，像是一片黑暗，但人類卻是彩色的、溫暖的、情感豐富而多樣。即便是我，也知道在這兩者之間該選哪一個。」看著惡魔不解的神情，王晨頓了一下，又換了一種方式解釋。

「我昨天在窗臺上，看到一隻被凍死的蒼蠅。那一刻，我覺得魔物很像牠。」

「你說蒼蠅——！」惡魔難耐地挑起眉，眼帶怒意。

「聽我說完。」王晨笑了笑，「被人厭惡，只能在黑暗中生存，最後在無人的角落，孤獨地冰冷地死去。難道不是與魔物們很相像嗎？」

惡魔辯解道：「人類死去後，屍體也是冰冷的。」

「是啊，屍體都是冰冷的。但是人類死去了，還會有人記得他們，在那些人的記憶裡，他們永遠是鮮活溫暖的。而蒼蠅的屍體只能在黑暗角落，漸漸變成一縷灰塵，甚至連存在都不會有人記得。」

「……」

「豈不是很可悲嗎？當時我就想，無論如何都不要像那隻凍死的蒼蠅一樣；寧願成為一段有溫度的記憶，也不要變成冰冷無人追悼的屍體。」

王晨的手還在撫摸在惡魔臉側，他的溫度，讓惡魔冰冷的臉龐都一同溫暖起來。然而王晨卻惡作劇般地收回手，剛被捂暖的臉頰再次變得冰冷。

「你——」

惡魔有些懼怕地發現，在習慣了溫暖後，冰冷是那麼地讓人害怕。

是的，害怕。他第一次明白這個詞語的意義。

莫名地，他想到王晨說的那隻蒼蠅。若干年後，等他死去時，也會像那樣在某個角落，無聲地變成飛灰嗎？

「有溫度是一件很美好的事情。」王晨說：「有人記得你也是一件美好的事情。我不想變成那隻蒼蠅，你也不想，是嗎，威廉？」

惡魔沉默，沒有回答。

王晨笑了，蠱惑般地再次伸出手。

「那麼，要不要讓我來記住你？」

那雙手的溫度，惡魔還記得，炙熱得似乎會被燙傷，但是卻又眷戀不已，捨不得那份溫暖。

「我……」發現自己的聲音沙啞得過分，惡魔頓了下，才繼續道：「我覺得將魔物與蒼蠅相提並論，很不相稱。如果魔物最終會獲得那樣的下場，為了擺脫與那種可悲的生物一樣的命運，勉強答應你也不是……」

王晨作勢收回手。

惡魔一急，連忙牢牢握上去。

「可以的！」

似乎是感覺到了自己的急躁，惡魔有些惱火，他緊緊地盯著那雙黑眸道：

「你答應過我的事情不許忘記，否則……」

「哎，你放心吧，像你這麼彆扭的傢伙，想忘都忘不掉。我會記住你的，威廉。」王晨道：「無論是恨，還是愛，這些感情，永遠都會放在我心底。」

「……成為魔王後，你想怎麼做？」

「順其自然，不是早就說過了嗎？啊，還有一個目的。」王晨笑了笑，「為了不讓我可憐的魔物同胞們變成蒼蠅屍體，看來得多做些努力才行。」

「你還差得遠。」

「不是還有你嗎？前魔王陛下。」

「是現任，我還沒有決定什麼時候退位，未來的魔王陛下。」

「死鴨子嘴硬。」

兩個魔物的手，第一次緊緊握在一起。而現在，他們要面對的，就是眼前幾乎要將他們吞噬的深淵。

每朝外踏出一步，那些叫囂的憤怒黑影就像要撕裂他們一樣，怒吼著衝過來。即便有魔王的抵擋，濃稠的黑暗依然越來越深，越聚越多，幾乎將他們淹沒。

「饕餮。」魔王看著周圍，「它不想放我們離開。」

「你說我們是在饕餮內部？」王晨有些驚訝。

魔王陛下白了他一眼，「不然你以為，哪裡會有這麼多怨念與惡意？」

說話間，黑色陰影全部聚集過來，遮天蔽地，將他們團團圍住。一時之間，視線內只有一片黑暗，除了彼此緊握的手，什麼都感覺不到。

這樣濃稠的黑，這樣如墨般的暗，彷彿沒有希望，沒有明天，只有永遠的夜。

黑暗與絕望從四面八方襲來，像是惡獸般吞盡一切，只剩下虛無。

王晨突然笑了，握了握身邊魔的手。

「怎麼？」魔王陛下疑惑地看過來，同時皺眉。「現在，好像出不去了。」

王晨卻毫不在意，迎面望著遮天蔽地的暗，輕聲道：「哪裡沒有黑，哪裡沒有暗？夜晚總是會來臨。」

他頓了頓，手中托起一個靈魂，那是由人們的愛與恨凝聚起來的靈魂。

「當天黑了，便點一盞燈。」

話音落下，一道微弱的光芒在黑暗中亮起。王晨手中的靈魂散發出了細微的光亮。

微小、脆弱，彷彿一息就能吹滅。

然而對著眼前如同深淵般的黑暗，這小小的一道光亮，卻倔強執著地燃燒著。

嫉妒、懶惰、貪婪——傲慢。

一片片燈火亮起，逐漸照亮周圍的黑暗。

人類最深的恨，也是最深的愛。

燈亮，驅散這片黑暗。

「這世界哪裡會被暗夜吞噬呢？」王晨笑了，點亮手中最後一盞燈。

剎那，白芒驟起。

像是要照耀這天地，像是要驅散所有的恨，像是要溫暖所有的寒冷，刺痛了所有人的眼，那一道劃破深淵的光亮，照進所有魔物與人類眼中。

像是開天闢地的第一道光，溫暖、明亮，無所不在，又那麼耀眼。

莫爾西斯愣愣地看著天空，看著逐漸消亡的饕餮，以及那盛起的白芒。

「不……可能。」

「這世上沒有什麼不可能的，更何況是那個傢伙。」

姬玄也一同看著天空，驀地似乎聽到了有人在自己耳邊輕語。

「下回再做菜給你吃吧，小姬。」

他猛地回頭，卻除了照亮一切的光，什麼都沒有看見。

凝望著那片空白許久，他緩緩笑了。「讓那個傢伙繼承魔王，似乎也沒什麼不好。」

「怎、怎麼回事？我剛才好像做了噩夢？」劉濤還摸不著頭緒，「哎呦，痛！你打我幹什麼！」

「如果你的智商依舊這麼低，即便治好了懶惰症也沒有用。」周子慕道。

「靠，你這個傢伙，就不能不損我嗎！」

十里外，正帶著支援趕來的除魔組成員們，直愣愣地看著天空。

溫暖的光亮落在他們身上，落在這幫一直默默與黑暗戰鬥，卻從來沒有得到一絲慰問的人們身上。

當白芒驅散黑暗的那一刻，似乎有誰在他們心底悄悄說了一句：可以了，你們可以休息了，不用再戰鬥了。

不知是誰先哭出聲，這些剛毅的大男人們紛紛嚎啕大哭起來，哭聲中有委屈，有辛酸，更有欣慰。

「對了！隊長！隊長還在那呢！」

有人這麼喊了一聲，突然所有人爭先恐後，不顧一切地奔向白光的來源。

在他們身後的樹林中，貝希摩斯靜靜地看著一切，看著衝破天際的那道光。

「果然如你所料，利維坦，那傢伙真不能小覷。以後的魔界，會變得更有意思呢。」說著轉身，走進森林深處。

她的身影消失後，一個人匆匆趕來。

「又來晚了。」嚴懷嘆息，推了推眼鏡，「不過早晚有一天，我會和她做個了結。」

溫暖的光芒照進每一個角落。

哪怕是屋內，躺在地上沒有聲息的韓瑟，嘴角似乎也微微上揚了一度。

一旁，莫爾西斯還沉浸於憤怒與質疑中，突然有人喊了一聲：「回來了！他們回來了。」

所有人望向門口，在一片白光中，有兩道相攜的身影一同邁進。

其中一個笑了下，對眾魔道：「我回來了，為了不讓你們都變成蒼蠅屍體。」

另一個說：「您依舊這麼傲慢，殿下。」

「威廉？」王晨詫異地看著突然轉換口氣的魔王陛下，「那個傲嬌魔王去哪了？」

「我一直都在，他也一直都在。」威廉望著他，突然微微一笑，「別忘記您的承諾，殿下。」

若不相忘，便一生守候。

王晨瞇起眼，仔細打量著威廉，魔物管家一如既往地任由他隨意打量。

「你還是這樣順眼多了。」

「是嗎？我倒覺得你很不順眼，驕傲自大，真讓人不爽。」威廉突然說了一句，隨後，又歉意地對目瞪口呆的王晨道：「抱歉，殿下，剛剛一不留神，讓那個傢伙跑出來了。」

「……」

趁王晨沒回過神，威廉牽起他的殿下的手。

還以為他會說出什麼感人的誓詞，卻聽魔物管家煞風景地道：「門禁時間到了，殿下，請跟我回去。」

王晨無語。留下這麼一個管家老媽，真的是正確的決定嗎？

「陛下！」莫爾西斯不甘心地道：「您竟然就這樣讓他爬到您頭頂嗎？一個被人類迷惑的傢伙，有什麼資格做我們的王！」

「莫爾西斯。」威廉看向他，「你是在質疑我的決定？」

「……屬下不敢。」

「既然這次你敗給他了，就該明白一點。」威廉說，「也許魔物的生存方式，確實該做些改變了。」

回去以後，他或許該和殿下，不，現在該叫陛下了。他得和他的陛下，認真討論一下改革事宜。

「等等，威廉。」王晨開口。

「我哥，我還沒把他救活。」他剛轉身，便聽見屋內傳來一聲聲哀嚎。

「啊，隊長！」

「隊長啊！」

「隊長你不能死啊！」

除魔組的人哭天喊地，連身邊的一群魔物都顧不及了。

嚴懷走在最後，跟著一群人身後進來，他上前，踹了地上的某人一腳。

「你還要裝到什麼時候？蠢貨。」

在所有人的目瞪口呆中，地上的「屍體」搖晃了兩下，爬了起來。

「哎呀，一不小心看入迷了，都找不到合適的時間起身。」

「嗚哇！隊長詐屍了！」

屋內頓時吵成一片。

威廉涼涼道：「聽說除魔組最近開發了幾項祕密武器，其中一個，能有讓人暫時假死逃命的功能。」

王晨轉身就走，額角還帶著青筋。他有一種眼淚白流，被人戲弄了的憤怒感。

「我們回去，威廉。」

「是，殿下。」

「哎，等等！小晨啊，你聽哥哥解釋！」韓瑟急忙伸手挽留。

魔物管家嘴角悄悄掀起，帶著殿下離開。

那兩隻交握的手一直沒有鬆開，一隻溫暖，一隻也漸漸被染上了溫度。

就如同天邊漸漸消失的光亮，雖然不會留下痕跡，但曾經帶來的溫暖，卻銘記在每個人心底。

這之後，人類與魔物或許還會有一次又一次的摩擦。

然而，那又有什麼可怕呢？

王晨感受著手裡的另一股溫度，安心離開。

身前，比深淵還要深沉的世界迎接著他們，但是，他心裡卻沒有一絲畏懼。

因為，燈已經點亮。

他胸膛跳動的心臟，也在一遍遍地提醒著他，前方應該選擇的道路。

自己究竟是魔物，還是人類？他已經不再糾結於此。這兩個身分在他眼中，並沒有什麼區別。

只要不再迷失於自己的感情之中，他自信可以以任何身分，在這條路上一直走下去。

呵，真是個傲慢的傢伙啊。

——《滅世審判04》完

——《滅世審判》全系列完

Side Story

魔王陛下說

對所有服侍魔王陛下的魔物來說，魔王陛下的話，就是金口玉言，就是聖旨。

在魔王陛下身邊，負責照料他生活起居的魔物們，每天都忙碌地從長廊的這一頭，奔波到遙遠的那一頭。即使偶爾與同伴見面，也只會冷淡地點頭招呼一下，便匆匆而過。

因為他們實在太忙了，照料這位新任魔王是比想像中還要疲憊的差事。

首先，是最基本的每日三餐。

歷任魔王的口味各不相同，有的喜歡憤怒，有的喜歡扭曲，有的喜歡悲傷，但是無論喜歡哪一種，侍從們總能想辦法找到符合他們口味的人類靈魂。

然而這一位陛下，卻相當與眾不同。

魔王陛下說：我想吃人類的食物。

聽到這句話，整個城堡內的侍從傻眼了，卻不得不去尋找所謂的人類食物。

有人獻上一顆紅色的果實，有人奉上一根還冒著煙的短細物體，總之，千萬種類，萬般不同，簡直無所不有。

魔王陛下靜靜地看了一眼，被侍從們擺在面前的「人類食物」弄得有點頭痛。

被啃了一口的蘋果、還冒著火星的菸屁股、一個不知道從哪裡來的奶粉罐……

陛下目光停留了一下，問：「這罐奶粉是誰找來的？」

一個長著獨角的侍從上前一步，低頭道：「是我，陛下。」

「就算我還是小孩，也絕對不想喝這種奶粉。」陛下的指尖反覆撥弄著奶粉罐，上頭印有三隻鹿的圖樣。他對那名侍從道：「你從哪裡找到它的？」

「很輕而易舉，殿下。」

「在這個年代，還能一眼就找到一罐毒奶粉。」魔王陛下意味深長地看著他，「從今天開始，你調到偵察組，聽我命令。」

「是，陛下。」

那位憑藉特長很快被轉組的侍從退回來，暗自享受著同伴們的欣羨目光。

除了隨意任免職位外，這位新任魔王陛下還有一項特殊嗜好——偵探遊戲。並且是不惜成本、不顧魔力地投入進去。

目前，這位陛下已經整合出偵察組、行動組、專案組、外聯組，配合他的興趣。

城堡內之所以每天有那麼多魔物來回奔波，也多和陛下這個詭異的興趣有關。

話歸正題，挑選了半天，魔王陛下並沒有如願挑選到人類食物，不過他也沒有發怒。畢竟對一般魔物來說，想讓他們理解人類的飲食習慣，還是有點困難。

正在魔王陛下懊惱時，大廳的門打開了，一名身姿高挑的魔物走了進來。

「殿下。」

此話一出，在場除了魔王陛下，其餘所有魔物齊齊抖了一抖。他們不敢抬頭，只把頭埋得更深，恭敬地站著。

在這個時期，還用「殿下」稱呼魔王陛下的，只有那一位了——威廉姆斯，前任魔王。

魔王陛下環視周圍魔物的神情，在他們臉上毫不意外地看到了尊敬與懼意。魔王陛下有些不滿，因為他知道這些魔物此刻敬畏的對象，並不是自己。

「殿下。」身旁的魔物又輕輕喚了一聲。「如果您想要人類的食物，為什麼不對我說？」

威廉輕輕蹙眉，一旁的侍從們又不自覺地打了個激靈。

魔物們不知畏懼為何物，但他們生來便有對強大者的服從，一切實力為尊。很明顯，現在這座城堡裡，實力最強大、最讓他們懼怕的，不是魔王陛下，而是這位身分特殊的管家。

心底不高興，魔王陛下對著他的管家道：「我對你說，你就能滿足我嗎？」

「當然，陛下。」管家低頭道：「沒有人比我更清楚您的喜好。」

「既然這樣，那你就去替我做一份人類的食物，親自端到桌前，從此以後，早中晚三餐都由你負責。」魔王陛下故意刁難。

「如您所願，殿下。」

魔物管家深深一鞠躬，步履優雅地向廚房走去。

望著他的背影，在場所有魔都愣住了，包括魔王陛下。

「……他以前不是不允許我吃嗎？」

陛下的輕輕呢喃，侍從們沒有關心，他們注意到的只有一點——魔王陛下說：給我做人類的食物，一日三餐。

於是，強大恐怖的前任魔王，就這樣乖乖地去了廚房。

果然，現任陛下才是最厲害的！侍從們下定決心，以後無論陛下吩咐什麼，都要一絲不苟地執行才行。

在滿足了魔王陛下的胃後，這位難伺候的陛下又有了新的要求。

魔王陛下說：要發展與人類全方位、多方面的，食物與獵人以外的關係。這是為了廣大魔物未來的幸福指數著想。

剛開始，侍從們並不理解陛下的意思，直到一天後，他們在城堡內看見了一個人類。

這是一個黑髮黑眸、笑意盈盈的人類。如果不去想他的身分，在人類眼裡，他就是一個普通青年；在魔物眼裡，是一個勉強可以食用的食物。

在場的魔物，卻幾乎沒有不認識這個人的。

他們的同事、鄰居、合夥人、炮友……或多或少，都有幾個死在這名人類，或他的屬下手中。

除魔組，韓瑟。

在一眾侍從的包圍下，韓瑟從容地面對著一群咬牙切齒的魔物。他相當有恃無恐，甚至面不改色地喝下一杯由魔物端上的茶，也不怕裡面下了毒。

而這個時候，作為陛下外聯組組長的得力助手——半魔人周子慕及時出現，將韓瑟從一圈虎視眈眈的魔物中救了出來，雖然他本人可能根本不認為自己需要營救。

「韓隊長，陛下在樓上等您。」一句話，就讓那些摩拳擦掌的魔物蔫了下去。

韓瑟跟在周子慕身後，愉悅地看著這一幕。

「看來，陛下在屬下們眼中還是很有權威的嘛。」

周子慕頭也不回道：「只是看起來而已。」

在這座城堡裡，聰明的傢伙都學會了一種處事方式。

若只有魔王陛下在場，毫無疑問得看他臉色行事，以他的旨意為最高準則；要是管家與魔王陛下同時出現，那就要斟酌行事了。

當這兩位大人物起爭執時，如果選擇傾向管家，事後頂多被陛下小整一番；如果有魔不識臉色，選擇幫助陛下，惹怒了管家大人……那麼很可惜，之後都不會再見到這個魔物了。

當然，處決是在陛下不知不覺的情況下進行的。

周子慕認為，現在這種相處模式，和多年以前在帝都時並無區別。

韓瑟憂鬱地輕嘆了一聲，明白了其中深意。

「我這弟弟，什麼時候才能翻身做主人？」

「那得你自己去問了，陛下就在裡面。」周子慕替他推開門，「正在等你。」

韓瑟踏進書房。他這一進，將近三個小時後才離開，沒有人知道，這位人類除魔組組長和魔王陛下究竟商談了些什麼。

外魔知道的，只有那些從外面傳來的消息。

三天後，除魔組與魔物交換了一批人質，並開始簽訂各種「互助友好」條約。

如果抓住對方人質，在不打殘的情況下，可以換同等人質一個，若是「不慎」打死，通知各單位來領屍體。

彼此火拚的時候，要盡量避開人群。

若是魔物在一定區域內收斂隨意捕獵的行為，當地除魔組可以考慮定期將死刑犯和重刑犯移交給他們。

以上是公開的條約，祕密條約還有很多，傳入魔耳的就有以下幾個：雇傭魔物去敵國行刺，死傷不論；雇傭魔物追捕國際罪犯，按照任務等級交換等價物品等等。

在最初的驚訝過後，百無聊賴的魔物們發現，他們偉大的魔王陛下似乎給他們開闢了一座新的遊樂場，便紛紛出門試玩去了。

魔物們將這些條約當成新的遊戲，而除魔組之所以答應這些條件，不外乎一個宗旨：以最小的代價，求取最大的和平。

一切似乎都在往好的方向轉變。

一個月後，魔物管家回到城堡得知這些消息，沉默了半晌，默默地向陛下的書房趕過去。

魔王陛下正在書房與偵察組的魔物探討最新案情，面無表情進屋的管家只說了一句話。

「聽說您與一名人類危險分子獨處了三個小時，殿下？」

魔王陛下與管家對視，彷彿可以在那雙危險的眸子裡看到暗潮洶湧的金色。

他沉默數秒，轉頭，對在場其他魔說：「全部給我出去，沒有命令不准接近書房半步。」

管家大人點頭：「按殿下說的做。」

之後整整三天，沒有魔知道書房內發生了什麼，因為陛下與管家大人，再也沒有踏出書房半步。只聽見書房內電閃雷鳴、怒吼陣陣，還時不時傳來翅膀的撲搧聲。

然後是現在——

「號外，號外，新一期《魔王陛下說》出刊了！想知道陛下最新的用語嗎？想探究陛下與管家大人不能說的祕密嗎？詳細情況盡在本期《魔王陛下說》，一靈魂一本……」

姬玄站在城堡外面，看著那個小販魔物走過，抬頭看了城堡內某處還閃著雷光的房間，吩咐屬下。

「去替我買一本。」

下屬領命跑遠。

其實，魔王陛下想說：

我們只是在書房內打架而已，真的。

——番外〈魔王陛下說〉完

Side Story

兄弟

作為一名外聯組組長，周子慕一直認為自己很稱職。

自從被王晨，不，自從被魔王陛下任命以來，他就知道這絕對不是個輕鬆的活。

首先，以魔王陛下本身來說，他那種想到了什麼就要立刻行動的性格，在他手下工作一定十分勞累。說不定下一秒，陛下又會突然想到新的計畫要他完成。

其次，身為半魔人，在這個滿是魔物的世界裡搞好外交，也不是一件簡單的事。他得在各種歧視、鄙夷、諷刺的目光下，如履薄冰地完成每一項任務。

當然在外魔眼裡，這位外聯組組長一直是面無表情，舉重若輕，從不向外界透露心裡的想法，那怕一絲一毫。

總之周子慕認為，在這份外魔都無法勝任的工作上，自己已經做得足夠完美。

無論是和其他魔物的內部聯絡，還是和人類除魔組的外部聯繫，他已經將兩邊達到一種微妙的平衡，在魔王陛下、魔物、除魔組間搭起了一座橋梁。雖然這座橋還不夠寬敞，但至少可以行走了。

不過，對於自己工作十分滿意的周子慕，現在卻被一件事情困擾著，一件讓他十分頭疼的事。

而頭疼的來源，卻還是他家陛下搞出來的。

此刻，書房。

周子慕板著一張臉，對陛下道：「請陛下收回成命。」

魔王陛下看著他，有些為難道：「你要知道，有些事情發生了就是發生了，無法挽回，就像潑出去的女兒，嫁出去的水……」

「陛下，是嫁出去的女兒，潑出去的水。」

「實質都一樣。」魔王陛下皺眉道：「你就是老這樣一板一眼，才會被部下排擠。」

「我想他們排擠我是因為我的身分，而不是因為我的性格，陛下。」

魔王陛下轉頭，問身後：「他的意思是指我管理不佳，抗議在我的統治範圍內還出現種族歧視嗎，威廉？」

「不是您的錯，殿下。」

魔物管家側頭，看向周子慕，「身為上位者卻不能收攏人心、統御下屬，本就是自己的失職。處理不好內務，還來向殿下抱怨，這個月的假期取消。」

「……是。」

魔王陛下體恤下屬道：「取消假期太沒有魔權了，就扣他這個月的獎金吧。」

「如您所願，殿下。」

周子慕面無表情，心裡暗暗咒罵自己。

明知道這見鬼的管家回來了，怎麼會蠢到來陛下這裡抗議？被扣獎金扣假期完全是自找的。誰不曉得這位管家極其護短，尤其是面對某位陛下的時候。

「陛下，關於之前的決定，還是請您再仔細考慮一下。」扣獎金的事就算了，但對某件事，周子慕可是至死不想妥協。

「考慮什麼？」魔王陛下明知故問，「我覺得那個決定對你們都很好。難道說，你認為自己搞不定一個幽靈？」

他臉色嚴肅起來。「若是連一個幽靈都無法擺平，身為魔王的部下實在是太失職了。要真是如此，我是不是應該考慮給你換個職位？」

「這不是我能不能擺平幽靈的問題，陛下，而是把這個幽靈放到我身邊，會影響我的工作。」周子慕正色道：「影響到工作的話，陛下分配下來的很多任務都將無法完成。」

「我不介意你耽擱幾天。」魔王陛下誠懇道：「既然你這麼擔心，那就放你兩天假。你們回去好好磨合，磨合到不影響工作之後，再回來任職。」

陛下接著又加了一句。

「當然，預支的假期要從下個月扣除。」

直到周子慕離開書房，他的請求都沒有得到許可，不僅如此，還因為各種緣由被陛下罰俸，被管家罰假期。

離開前，魔王陛下不知是有意還是無意地嘆了一句。

「像你們這樣兄弟能在一起卻還不珍惜，真是身在福中不知福。」

周子慕聽了，立刻知道大事不妙。

果然，在陛下身後，管家大人正用比刀刃還銳利的視線掃向他，大有要將他蓋布袋扔出書房的意思。

周子慕知道自己掃到颱風尾了，不應該在魔王陛下面前，尤其是不能在管家大人也在場時，提及與兄弟有關的任何事情。那會讓管家大人，聯想起一個他十分厭惡的人類。

最後周子慕覺得自己能直著走出來，已經十分幸運。

頭疼，他揉了揉太陽穴。在這暗濤洶湧的城堡裡做事，不論是私事還是公事，都會讓他短壽十年。

由於被陛下命令休息兩天，周子慕不得已地轉身回房。現在正是大白天，想必幽靈也不會在這個時候出來，他多少能休息一會吧。

周子慕的房間在城堡二樓的某處轉角，之所以選中這裡，他只看重一點——僻靜。

基本上除了他自己，沒有誰會走到這個角落來。

選中這間房的時候，周子慕認為自己總算能在魔物遍地的城堡裡得到一點私人空間。事實上，在最初的幾個月，也正是如此。

而現在——

一開門，便看到桌上擺著一盤還冒著熱氣的茶點，不知是誰特地送過來，還細心地按照他的口味，選擇不那麼甜的點心和清淡的茶飲。

勞累了一天，又被上司訓斥一頓之後，回屋能享受這樣貼心的關懷，似乎對於誰來說都是一件值得寬慰的事。

然而，周子慕卻不這麼想。

他像是壓根沒看到那盤點心，徑直走向房內另一扇小門，脫了衣服進去就開始淋浴。

他洗的是冷水澡，藉著冷水來靜一靜，不然他不敢保證自己會做出什麼失去理智的事。

浴室的水聲響了很久，桌上的餐點都冷了。那些特地準備的點心失去了溫度，可口的巧克力外層逐漸融化。它們註定無人問津。

不知是不是錯覺，空氣中似乎傳來一聲若有若無的嘆息。

洗完澡，周子慕正準備出門，卻突然一愣。他想起自己進來時，好像忘記帶浴巾了。瞥了眼堆在角落的髒衣服，他心裡在裸著出去和穿髒衣服穿之間糾結著。

正在此時，浴室門幽幽地推開，一條整齊乾淨的浴巾被放在籃子裡送了進來。

周子慕猶豫了一會，還是拿起了浴巾。一分鐘後，他推門而出，床上已經放了一套乾淨的衣物，整整齊齊地疊著，等著他取用。

餐點、浴巾、衣物。

在他剛好需要時，有人為他默默準備好這些東西，在這個只有周子慕一人的屋裡，就像是多了一個看不見的田螺姑娘。

但周子慕卻對田螺姑娘並不滿意，忍無可忍道：「夠了，不要再裝神弄鬼的，給我出來！」

空氣中傳來一陣顫動，隨即是一道無辜委屈的聲音。

「我以為你不想看見我。」

人影慢慢浮現，就在周子慕眼前。他站得極近，近到連那蒼白的臉色、纖細的睫毛，都可以看得清清楚楚。

忍住不要退後，周子慕盡量表現出強勢的樣子。

「我的確不想看見你，但是更不想住在一個鬼屋一樣的房間裡。」瞪著人影，他道：「哪怕是幽靈也給我顯形。隱藏起來，誰知道你在偷偷摸摸地幹什麼？」

「我沒有在幹什麼，只是想幫哥哥你一點忙。」那道聲音似乎更委屈了。

幽靈，或者說幽靈狀態的李明儀悄悄地，又盡力按捺住自己的情緒，打量著周子慕。

「我看你今天好像很累，只是希望你能放鬆休息一下。」

周子慕毫不領情，「罪魁禍首不就是你嗎？」

不過他也確實很累了，沒有精力再和這個幽靈爭執。

看見那張鋪得整齊的床，周子慕實在是忍耐不住想要撲上去睡一覺。他看著眼前的幽靈，想著剛才浴室裡他的確幫上了忙。

按照利益至上原則來說，他似乎沒必要拒絕這麼一個現成的幫傭？而且現在這個狀態的李明儀，已經不能再威脅到他什麼了。

周子慕想了想，說：「這兩天我需要好好休息。如果你能做到不打擾我，並且不讓別人打擾我，你就可以暫時待在這裡。否則，我違背陛下的命令也要將你滅了。」

幽靈李明儀只當作沒有聽見後半句話，歡呼一聲，在屋內四處飄了一圈。

半晌，回到周子慕身前。

「我保證做到！那麼哥哥，你現在還有什麼其他事情要我做？」

「給我端杯水回來。」

「遵命！」

幽靈一眨眼就消失在房內，周子慕輕嘆了口氣。

「做鬼還真方便啊。」

比做人的時候自在自由許多，也沒有牽掛和束縛。

那天，那些得到救贖的靈魂中，除了本就還活著的劉濤和周子慕外，只有李明儀沒有升天，而是變成幽靈留了下來。

周子慕想不通，為什麼只有李明儀是特殊的？

當然，陛下曾說過，執念能戰勝一切。

那麼李明儀之所以留下來，是因為他心中還有執念嗎？

想著想著，周子慕眼皮漸漸有點撐不開了。困頓席捲而來，瞬間壓過一切。

陷入沉沉的睡眠前，他莫名地想起一樣東西——王晨曾經交給他的，一把破舊的玩具手槍。

怎麼會……突然想起那個？

李明儀端著水回來時，周子慕已經躺在床上呼呼睡著了。這個一向沉穩而幹練的魔王親信，此時卻睡得像個孩子。

李明儀輕手輕腳地放下茶杯，飄上前，替他蓋上被子。

微弱的光線從窗外透進來，照在幽靈身上。

李明儀慘白而透明的軀體，像是下一秒就要消失在空氣中，然而此刻他臉上的喜悅，卻又是那麼實實在在，無法磨滅。

「哥哥……」

輕靠在周子慕身上，李明儀感受著那觸摸不到的溫度，低低喚了一聲。

像是等了多年，熬了許久，才換得苦盡甘來。

一遍又一遍地喊著，執著一個永遠不可能得到的回答，李明儀的笑容裡又帶著些辛酸。

不知道是不是睡迷糊了，周子慕在夢中翻了個身。

含含糊糊地應了一聲。

「嗯。」

霎時，李明儀的手微微抖了一下。

——哥哥。

——嗯。

多麼簡單，又多麼難得的一番對話，足夠讓李明儀開心到差點忍不住鑽進周子慕的被子裡，去將他吵醒。

雖然最後他沒有這麼做，但是幽靈心中又有了別的考量。

在這個彆扭又固執的哥哥面前，也許只有一年又一年的死纏爛打才能將他攻陷。不過反正自己已經死了，時間多得花不完，那就從長計議吧。

李明儀掀唇一笑，又在哥哥大人身上蹭了蹭。

周子慕迷迷糊糊地睡著，感覺自己身上好像被鬼壓床一樣難受。尤其這個鬼，還無論怎樣都甩脫不開。

魔王陛下說過什麼來著？

真是身在福中不知福。

——番外〈兄弟〉完

Side Story

啟示錄

人間流傳有神明的《啟示錄》，預言末日的災難。

先不說《啟示錄》所言是真是假，僅僅是它的存在，就已經意味著人類對未來的某種心理——期待並恐懼。

然而在魔物之間，似乎也有這樣一本類似的《啟示錄》。

它似乎並不存在，因為沒有實體；它又似乎無處不在，因為藏在每一個魔物心中。

這本若隱若現的《啟示錄》，每當遇到特殊條件時，它的存在就會特別顯眼。

就好比，現在。

魔物拉斐爾，雖然有一個天使的名字，但他確確實實是個魔物。

此時此刻，他覺得自己遇上了麻煩，比人類那些書籍中記錄的災難還要恐怖——他患上了某種難以治好的疾病。

好吧，簡單地說，他得了厭食症。

對於以人類靈魂和情感為食的魔物來說，厭食症是一種匪夷所思的疾病。而拉菲爾認為，自己之所以會患上這種疾病，一定和他的名字有關。

為什麼一個惡魔要取天使的名字？

「我想，這和你的名字並沒有太大關聯。」屋裡，心理醫師安慰道：「據我所知，每個魔物在成長過程中，都會有一段自我迷惘期，也會因此產生各種身體上的不適。你只要傾訴就好了。」

「我知道你說的是什麼！」拉斐爾的樣子看起來有些煩躁，「但是我已經過了青春期好幾十年了，絕對不可能是那個原因！」

「好吧。」醫師妥協道：「但是你要知道，人類中還有更年期這一說法……」

「我又不是人類！而且這也絕對不是什麼更年期心理問題！」拉斐爾怒吼，「就算是有更年期的魔物，他們也不會像我這樣。我覺得我已經病入膏肓了！」

「可以告訴我有哪些具體症狀嗎？」醫師問。

拉斐爾道：「其實已經有一段時間了，我不怎麼有胃口。」他頓了頓，「吃不下東西。」

「各種食物都試過了嗎？」醫師邊記錄邊問。

「試過了，無論是憎惡、嫉妒，還是怨恨，各種口味的人類靈魂和情感我都試過，但是完全提不起胃口，甚至看到了都想吐，難以下嚥。」

醫師在本子上寫下——**情況嚴重**。

「多久了？」

「差不多兩個月。」

「兩個月？」醫師驚訝地抬起頭，「那在這段時間內，你怎麼沒有餓死？」

拉斐爾不情願地道：「我當然……還是吃了點別的。」

說這句話時，他臉上的神情很奇異，像是厭惡，又像是滿足。這兩種截然相反的情緒，在他臉上奇妙地糅合在了一起。

醫師盯著他看了好一會，若有所思。

「冒昧請問一下，在你厭食的這段時期，你吃的是什麼？人類，還是魔物？」

「我為什麼要去吃冷冰冰、乾巴巴的同類？」拉斐爾露出了發自心底的嫌棄表情，「……是人類的食物。」

「人類的食物？你竟然吃人類的食物？」

「那只是個別的！是特例！」拉斐爾情緒激動起來，「我總不能因此餓死自己吧！而且是別人主動送給我吃的，他對我說，如果實在餓得受不了，可以試試看。」

「……然後你就吃了？」

拉斐爾抑鬱地點了點頭。

「味道怎麼樣？」

「和人類的靈魂口感不太一樣。有各種口味，也不會讓我倒胃口。啊，當然，我比較喜歡吃辣一點的……」

醫師此時的表情有些微妙，「你能接受人類的食物，還覺得味道不錯？」

「我沒有說味道不錯！」拉斐爾煩躁地囁嚅道：「只是還可以下嚥……而已。」

「送你食物的是個人類？他知不知道你的身分？」

「當然知道。自從陛下的那些條約公布出來後，很多魔物不都跑出去玩了嗎？我也想試一試，就隨便接了個『暗殺』的遊戲。」

「原來如此，這個同居人，就是你接下任務後人類安排給你的搭檔。他知道你的身分，還主動下廚讓你填飽肚子，以免食欲不振的你被餓死。」醫師公事公辦地記載著。

「你們從什麼時候開始為了任務而同居的？」

「大概三個月前吧。」

「那你是什麼時候開始發現自己得了厭食症？」

「兩個月前。」

「在此期間你們一直都住在一起？我是說為了完成任務。」

「是的。」

醫師合上本子，「我已經診斷出你的病情了，拉斐爾先生。你不是厭食症，準確地說，你患上的是偏食症。」

「偏食症？」

「是的，對其他食物都不再感興趣，只對人類的食物有食欲。」醫師嘆了一口氣，「不知道是不是受陛下的影響，最近一段時期，得偏食症的魔物越來越多了。有些魔物喜歡上了人類的食物，有些是喜歡上了特定人類的氣息。它的附帶症狀是心煩氣躁，易怒；感染者，以與人類合住的魔物居多。」

醫師接著分析道：「不過一般來說，這種偏食症並不會對魔物造成太大的困擾，只要你一直和那個人類待在一塊，就不會有什麼太大問題。」

「這怎麼行！」拉斐爾暴躁道：「讓魔物的肚子和食欲掌控在區區一個人類手中？太沒有尊嚴了！難道沒有辦法治好嗎？」

「你想治好？」

「想！」

「據我所知，目前得了偏食症的魔物，還沒有一個能痊癒的。」

相反，他們都很樂在其中。當然這後半句話，醫師顧忌著拉斐爾的情緒，沒有說出來。

最後，醫師被糾纏得沒辦法，只能交給拉斐爾一個住址，告訴他只要去了這個地方，就能解決他的困難。

看著拉斐爾如釋重負般立刻離開，醫師幽幽嘆了一句。

「我可沒有說，去了就能治好你的偏食症啊。」

只是以另一種方式，讓拉斐爾不再糾結而已。解決問題的方式有很多種，有一種叫做——破罐子破摔。

站在門口的魔物抬頭看了看，確認自己沒有來錯地方。這個看起來很普通的民居，就是醫師告訴他可以治好偏食症的地方？

他猶豫了很久，還是上前敲了敲門。

很快，有人過來開門。

拉斐爾有些緊張，馬上道：「你好，我是醫師……」

「又是那個不良醫生把你介紹過來的？」開門的人上上下下打量了他一眼，對著屋內吼：「喂，老大和管家在家嗎？」

「在二樓。」屋內傳來一聲回答。

「正好在啊，那你進來吧。」開門的人放拉斐爾進屋。

一進屋，拉斐爾才發現自己之前的評價是多麼不正確。

屋內簡單低調的裝潢，也許在一般人眼裡看不出什麼，但是在活了有些年月的拉斐爾眼中，每一塊地板、每一幅裝飾畫、每一套沙發，都是奢華而精緻的物品！

住在這的魔物，一定是某位大人物！而且他還豢養著一個魔人！

看著幫自己開門的魔人，拉斐爾問：「那麼，我該去哪？」

「直接去二樓。」魔人不耐煩地揮了揮手，「不過你站在那邊看就好，千萬別發出聲音。」

別發出聲音？去二樓？

拉斐爾疑惑地邁上樓梯，在登上二樓之前，他一直都在想自己會看到什麼。然而無論他再怎麼想像，眼前的一幕仍然是驚呆了他。

他看到——一個魔物和一個人類坐在一起。

好吧，最近這個場面已經不少見了，但是誰見過一個魔物如此體貼地對待人類的？

身材頎長的俊美魔物靜靜地坐在人類身旁，手中翻著書本，而人類側躺在一張長椅上，看樣子好夢正甜。

拉斐爾雖然沒能看見那個人類的樣貌，但是對方身上散發出沉靜乾淨的氣息，讓他果斷確定那是個人類，而不是魔物。

哪個魔物會有這樣澄澈的氣息？

關鍵是，哪個魔物會在另一個實力強大的魔物身邊，如此毫無防備地睡覺？坐在房內的魔物，可是有著光用看的就快讓拉斐爾膽顫的氣勢。他敢肯定，這個魔物至少是魔帥級別。

而這樣強大的魔物，竟把一個人類放在身邊，還如此小心地照顧著，時不時替人類拉拉毯子，看書閒暇時也不忘分心看他一眼。

拉斐爾覺得自己的下巴都快掉下來了，難道連這個魔帥都得了偏食症？而他偏食的對象，就是眼前這個人類？

正在他詫異間，睡在躺椅上的人類動了動，似乎就要醒過來了。他身旁的魔物連忙放下手中的書，湊上前，將人喚醒。

王晨睡迷糊了，揉了揉眼皮，半晌問：「威廉，你幹嘛離我這麼近？」

「我只是在替您蓋好毯子。」魔物管家說，「您剛才又將它踢下去了。」

「是嗎？」還有些迷糊的王晨咂咂嘴，「去幫我倒杯水，威廉。」

「是的，殿下。」

魔物管家優雅地起身，替魔王陛下倒完水回來的時候，抽空看了眼樓梯口。剛才那個偷窺的魔物已經不在了，樓下傳來一陣飛奔而出的腳步聲。

一樓，大門砰的一聲關上。

「又走了一個。」劉濤一邊翻報紙一邊道：「真不知道那些魔物每次來是想幹嘛？受什麼打擊了？」

周子慕看了眼樓上，意味深長道：「那得問我們的管家閣下，以及敬愛的陛下了。」

拉斐爾拔足狂奔，只覺得心臟還在怦怦跳個不停。人類和魔物，竟然能夠那樣和諧共處嗎？

不知為何，那幅畫面讓他覺得不可思議，又有些心癢癢。

那是什麼，是魔物與人類的新遊戲？不過話說回來，連一位堂堂魔帥都得了偏食症，他患上這種病也沒什麼見不得人的吧。

正心思恍惚間，拉斐爾發現自己不知不覺地回到了公寓——和那個人類合租的公寓。

「怎麼這麼晚才回來？」門口，一道熟悉的身影倚牆望著他。

那眼神，莫名地讓拉斐爾有些想躲避。

「我只是去看病而已。再說，我去幹什麼何必要告訴你這個人類！」

「啊，是的是的，魔物大人。」對方似乎鬆了口氣，然後笑道：「我已經做好了晚飯，你要不要進屋？外面很冷。」

拉斐爾不屑道：「我才不像你們人類那樣脆弱。」

「那麼，不脆弱的魔物大人。」對方笑了，「你餓不餓？要不要來填飽肚子呢？」

拉斐爾心裡一動，突然想起剛才看見的畫面。不知為何，心裡竟莫名地騷動起來。

他看著眼前的人，傲慢道：「你硬是要餵我的話，也不是不可以。」

一人一魔相攜進屋，啪，門關上。

魔物的心在躁動著；人類一如既往，永不平靜。

今夜，又將是個百鬼夜行的夜晚。

天上明滅的星辰似乎也在預兆著什麼，預示著魔物們的未來嗎？

魔物們的《啟示錄》中，應是這麼記載：

要是遇到那個讓你患上偏食症的人類時，記得離他遠一點。

什麼？已經晚了？

那這就是你的末日了。

害怕沉醉於情感的魔物們，其實，最難以抵擋它的誘惑。

——番外〈啟示錄〉完

高寶書版集團
gobooks.com.tw

輕世代 FW164

滅世審判04(完)

作　　者　YY的劣跡
繪　　者　水　々
編　　輯　林紓平
校　　對　林思妤
美術編輯　邱筱婷
排　　版　彭立瑋

發 行 人　朱凱蕾
出　　版　英屬維京群島商高寶國際有限公司臺灣分公司
　　　　　Global Group Holdings, Ltd.
地　　址　臺北市內湖區洲子街88號3樓
網　　址　www.gobooks.com.tw
電　　話　(02) 27992788
電　　郵　readers@gobooks.com.tw（讀者服務部）
　　　　　pr@gobooks.com.tw（公關諮詢部）
傳　　真　出版部　(02) 27990909　行銷部 (02) 27993088
郵政劃撥　19394552
戶　　名　英屬維京群島商高寶國際有限公司臺灣分公司
發　　行　希代多媒體書版股份有限公司/Printed in Taiwan
初版日期　2015年11月

國家圖書館出版品預行編目(CIP)資料

滅世審判 / YY的劣跡著.-- 初版. -- 臺北市：高寶國際, 2015.11-
冊；　公分. --

ISBN 978-986-361-200-1(第4冊：平裝)

857.7　　104003626

三日月書版

GOBOOKS
& SITAK
GROUP ©

GOBOOKS
& SITAK
GROUP©